暗黑童話

あんこくどうわ

OTSU ICHI

乙一

龔婉如 譯

乙一
Otsu
Ichi
作品集

04
ZOO

contents

總導讀——曲辰

比煙火更燦爛‧比永遠更遠

做為一個小說家，乙一，注定成為一則傳奇。

本名安達寬高的他，於十七歲的秀逸之年以〈夏天‧煙火‧我的屍體〉出道，隨即獲得諸如小野不由美、我孫子武丸、法月綸太郎、栗本薰等名家的一致好評，其作品同樣在許多票選排行榜及文學獎中佔有一席之地（註）。

但僅僅這樣並不足以成就其傳奇地位，或許我們還是得回到乙一的小說上，才能知道他迅速成為日本新生代小說家中佼佼者的理由。

在其處女作中，講述一個九歲的女孩殺害了童年玩伴，之後與哥哥展開一連串藏匿屍體掩藏罪行的冒險。透過死去小孩的靈魂視角，賦予此篇小說前所未有的新意，更讓小說中的恐怖氣氛不止於書中兄妹倆與其他人的捉迷藏，還蔓延到書中角色與讀者之間的對決中，在成熟富節奏的文句中堆疊出結局那令人驚愕又滿足的奇特景象。

註：以下為其小說得獎紀錄：

〈夏天‧煙火‧我的屍體〉（1996）：第六屆「JUMP小說，非小說大獎」。

《GOTH 斷掌事件》（2002）：第三屆「本格推理小說大獎」、「本格推理小說BEST 10 2003」第五名、「這本推理小說了不起！2003」第二名、「週刊文春推理小說BEST 10 2002」第七名。

《槍與巧克力》（2006）：「這本推理小說了不起！2007」第五名。

當大家擔心這篇極為特出的作品不過是曇花一現時，乙一之後的小說陸續發表，更讓小野不由美在《夏天》一書的解說中說出「不是僥倖的。那不是新手在無意識中書寫，偶然迎頭碰上的全壘打。我認為這個作者的心中確實地存在著『應當如此』的理想型」這樣的讚美之詞。

之後的乙一很快就席捲大眾的目光，不但在恐怖驚悚小說中展現出他驚人的才華，巧妙翻攪人類黑暗心靈湧現出的真實幻境，也寫出一篇篇如讚歌般清新節制、凝視希望的青春小說。於是，從此之後，就有人用「黑乙一」、「白乙一」稱呼乙一，以區別其大相逕庭的寫作風格。

不過將乙一的寫作路線區分為黑白兩面，似乎就會任意地將目光投射向遠方，而忽略他小說中黑白邊界模糊的部分，進而產生對其作品的錯誤理解。與其任意採用二分法，毋寧把注意力放在小說的核心出發點——也就是人——之上。

乙一筆下的小說人物，往往都有很明顯的「拒社會性」，不管在青春小說或是恐怖小說都一樣，每個主角與世界的關係都好像隔著張半折射的薄膜一般，往往由外往內看看不出什麼異狀，角色們卻是看到扭曲、變形、不適合自己生存的世界，在這張狂世界的映襯下，半映上去的自己身影便顯得卑微而不可直視了。

而這隔膜與角色之間的斷層，並不是「適應不良」或是「情感障礙」就能交代過去的，該說是更為深入內在，從根柢上與世界缺乏溝通能力的痛苦。這種與社會的阻絕性，為乙一的小說找到了基本調性，文字並不能說冷漠，卻呈現出一種由玻璃與鋼鐵組成的世界：冷調、壓抑，只是在玻璃中透出來的，究竟是陽光還是更深的黑暗的差別。《暗黑童話》一書的開端就是最佳的例子，作者用一種相當無所謂、不當一回事的口氣在講述整個故事，讓顫慄感跳過了文字，直截了當地傳達到讀者的心中，更樹立作者本身相當重要的無機風格。

乙一小說中的情感，都是間接地傳遞出來，所有的愛戀、悲嗔、怨痛，都好像電波沒有對好焦，無法從文字內容中直接讀出來，但我們又能在動作與動作間短暫的空隙中，「感受」到近乎本質的心理狀態，只是無法「觸摸」那些情緒波。

這種心情的描寫，似乎跟乙一本身的經歷也有關係，他在高中時期，在學校是完全不會跟人講話的，他好像一個移動型孤島，整天從家裡漂到學校、又從學校漂回家裡。也難怪他寫得出《在黑暗中等待》中的極佳比喻：「覺得自己在名為『世界』的這道菜色當中是一塊沒能溶化，還殘留有固體形態的湯塊。」

說到底，又有誰能在「世界」這道菜中真正溶化的？以乙一自己為例，他是久留米工業高等專門學校、豐橋技術科技大學生態工學系畢業，可是他的文字成熟而纖細，毫無理科類組的一板一眼；他大學時參加科幻小說研究社，卻不擅長寫架空小說；他是熱愛電影的動漫畫世代，不過小說中毫無類似的氣息；他喜歡的推理作家是森博嗣與島田莊司，反倒塑造了與他們倆截然不同的想像世界。如果要從外部來定義些什麼，不如說乙一本身就是這麼個與外部世界共存卻不相涉的人。

或許正因為這種沒有溶化完全的狀態，讓乙一注視世界的眼光與一般人不同，他所寫的情節，都是每個日本人會經歷過的歲月，即使不是日本人的我們，也一定曾經感受過類似的孤單、恐懼、期待與嚮往。這些人類共通的心情，在乙一的細緻描寫下，成了動人的主樂章。

在寫實的基礎之上，乙一才能展現出屬於他的幻想層面，讓想像力盡情奔放，於是我們看得到超現實的狐狗狸逐步進佔寫實領域，讓不存在的東西召喚出不存在的恐懼（〈天帝妖狐〉）；在公園中再普通不過的沙坑裡觸碰到不可能出現在那的人頭（〈從前，在太陽西沉的公園裡〉）；明明就同在一間房子，父母卻互相深信對方死了，只有「我」見證他們的存在（〈*SO-far*〉）。即使是幻想的，但因為在寫實層面處理得好，讀者輕易就相信了作者，也在這種信賴基礎上，作者能輕易地讓讀者的心情翻來覆去。

在〈平面犬。〉中有個極為驚悚的開頭，一時興起去刺青的少女，手腕上的小狗刺青有一天卻奇妙地動了起來，驚懼之餘，人犬間卻培養出奇妙的共生感，讓故事一路奔騰向不可思議的方向邁進；〈A MASKED BALL—以及廁所的香菸先生的出現與消失—〉則在一開始以極為常見的廁所塗鴉開始，製造出推理小說的氣氛，並隨著事件的發生瞬間扭轉為驚悚小說，同時也醞釀著恐怖與溫馨的情緒。

這就是乙一，你永遠無法為他歸類，在歸類之際他又隨即變換成另一種姿態，他由那名為「人」的內核找到動力，往外爆發出名為小說的煙花，每朵煙花各不相同，在轉瞬間帶給我們無窮的嘆息。

每個時代的文學都有專屬的煙火，而乙一，就是我們這個時代，最盛大的傳奇。

而傳奇，終將繼續下去。

本文作者介紹

曲辰，接觸推理小說以後，就自動分裂為三位一體的生物，做為一個讀者要求完整的故事、做為一個研究者要求更深層的咀嚼、做為一個未來的創作者要求絕對的文字宇宙。目前雖然努力整合中，但時有齟齬，希望能早日尋找到一個平衡點，不使跌躓。

眼的記憶 · 前

1

那隻烏鴉之所以會說人類的語言，是因為牠從前剛好住在電影院的屋簷下。還是雛鳥的時候，牠經常邊吃父母帶回來的小蟲，邊透過牆壁的窟窿看著放映的電影。牠和其他兄弟姊妹不同，就是喜歡看電影。原本只是因為好玩而背下電影臺詞，沒想到卻因此學會了人類的語言。

後來電影院被拆，烏鴉不得不離開熟悉的故鄉，就在這時候牠遇見了女孩。這時的烏鴉已經是隻成鳥了，父母和兄弟姊妹早已不知去向，只剩牠獨個兒成天在城裡四處遊蕩。

山腳下有一棟大宅邸，氣派的大門圍繞著藍色的屋牆和廣大的庭院，大宅旁聳立著一株高大的樹木，樹枝的形狀非常適合落腳。於是那天，烏鴉決定在那兒稍事歇息。

距離烏鴉停留的樹枝再稍稍過去一點就是二樓的窗戶，烏鴉卻過了好一會兒，才發現窗邊坐著一個女孩。大部分的人類只要一看到烏鴉靠近，立刻驚叫出聲，但女孩似乎沒察覺到身旁烏鴉的存在。

烏鴉花了點時間觀察女孩。這是牠第一次這麼近距離看人類，女孩有著小巧的臉蛋，草莓般紅潤的唇，安安靜靜地坐在窗邊的椅子上發呆。

烏鴉原本想拍幾下翅膀引她注意，又改變了主意，因為牠曉得要吸引人類注意有更好的方法。

「嗯哼！」

烏鴉故意咳出聲。

「誰？」

女孩嚇了一跳，微弱的聲音裡混雜著不安與困惑。

這時烏鴉才明白為什麼女孩一直沒發現自己就在她身旁。一般來說牠若靠得如此近，烏鴉黑色的身影一定會映在眼瞳上，但女孩的眼窩裡卻是空空蕩蕩，那裡頭不見眼球的存在，小巧的臉蛋上只有兩個深沉的黑洞。這樣是不可能看得見東西的。

那正好，烏鴉心想。既然對方看不見自己，應該能夠成為很好的聊天對象。

烏鴉自從學會人類的語言，也曾好幾次試著對人類開口。雖然很想實際練習學會的句子，但因為聽過太多成了炸雞的同類的悲慘故事，牠其實不願意太接近人類。

但是女孩看不見，那她便不會知道自己是鳥類，也就一定願意和自己說話了。

「那兒的小姑娘，妳好嗎？」烏鴉裝著人聲說。

「誰？有誰在那裡嗎？」

「別怕，我不是壞人，只是想和妳說說話。」

女孩從窗旁的椅子站起身，伸長了小手在房裡四處走動，看來是在找尋聲音的來源。

「你在哪裡？到底在哪裡？」

窗戶是敞開的，於是烏鴉拍了幾下翅膀飛進房間裡。女孩的房間非常漂亮，擺著許多美麗的洋娃娃，還有小花圖案的壁紙和柔軟的床鋪，房間中央有一張圓桌。烏鴉輕輕停到椅背上。

「請別找了，我只是想和妳說說話。」

女孩於是放下雙手，到床邊坐了下來。

「你的聲音聽起來好不可思議呢，和以前聽過的說話聲都不一樣，很奇妙的嗓音。不過，你的規矩不大好喔，進房間之前應該要先敲門呀。」

「真是抱歉，我連刀叉都不會拿，禮儀更是早忘得一乾二淨了。」

「真的嗎？那你都怎麼吃飯呢？」

「當然是不用手，直接用嘴啄食了。」

「你真是個怪人。」

女孩的臉上終於露出了笑容。

從那天之後，烏鴉只要一有時間，都會來找女孩聊天。起初牠只是單純想練習人類的語言，但過了一個星期，慢慢地牠開始覺得和女孩聊天是件很快樂的事。

然而，烏鴉總覺得女孩看上去和其他的人類很不一樣。其他的人類常會幾個朋友湊在一塊兒，朝烏鴉丟石頭。

女孩卻總是獨自一個人坐在窗邊，任臉頰享受吹進房裡的徐徐涼風。烏鴉一直停在樹枝上望著這樣的女孩，總覺得她的神情有些寂寥。

於是烏鴉開口了。

「小姑娘。」

這麼一句話，宛如寒冬中忽地吹進一陣暖風，女孩的臉上露出了開心的笑容。

「唉呀，你這人真是講不聽哪，又忘記敲門了。」

她的聲音聽起來不像在生氣，反而更接近一種親密的問候。對烏鴉來說，這真是件窩心的事。打從牠破卵而出，從不曾感到這麼愉快過。因為牠的父母只會餵牠吃蟲子，從來不會唱歌給牠聽，兄弟姊妹也只是擁有那些毫無個性可言的鳥類本能罷了。

烏鴉一邊回想從前在電影院看過的眾多電影，一邊編故事說給女孩聽、逗她開心。烏鴉跟女孩的聊天內容，盡是些瞎掰的事。打一開始烏鴉就決定不跟女孩提自己的事情，也一直隱瞞自己不是人類而是鳥類的事實，所以烏鴉不但出身背景是虛構的，連人生經歷也胡謅一通。

「小姑娘，為什麼妳的眼窩裡沒有眼球呢？」

有一天，烏鴉這麼問女孩。

女孩裝作不甚在意的模樣，像在敘述某件奇聞似地說：

「這個呀，是在我很小的時候發生的事情。有個星期天，爸爸媽媽牽著我一起上教會，那裡的彩繪玻璃很漂亮喔，我就一直盯著看。實在太漂亮了，我睜大了眼睛一直一直望著，但沒想到不應該這麼做的。彩繪玻璃突然破掉，碎成了無數的碎片。我也不知道為什麼會發生這種事，可能是有人朝那裡丟石頭，也可能是小隕石掉了下來，總之那一瞬間我什麼也沒想，只覺得成了碎片的彩玻璃好漂亮呀。」

烏鴉想起了漆黑的電影院裡，灰塵在光束中閃爍的景象。

「然後下一秒鐘，我的雙眼就被碎玻璃刺傷了。右眼是藍色的玻璃，左眼是紅色的玻璃。雖然馬上送進醫院，但聽說醫生為了止住血，不得不把我的眼球取出來。我的雙眼最後看到的景象，就是從上方撒下無數的彩色玻璃映著陽光閃閃發亮的樣子。那畫面真的很美喔。」

這時，有人敲房門。

「小姑娘，謝謝妳陪我聊天。我要走了。」

烏鴉無視女孩的挽留，急忙拍著翅膀飛出窗外。不過牠並沒有飛遠，而是停在緊臨大宅的樹枝上頭。從房裡是看不見這個位置的，而烏鴉從這兒卻能夠聽得見房裡的說話聲。

房門打開，烏鴉聽見有人走進房間。

「我聽到說話的聲音，剛剛有誰在這裡嗎？」

這位想必是女孩的媽媽。

烏鴉沒能看見女孩臉上答不出來的困惑表情。牠總是無聲地進入房間，有人進房時便立刻迴避，只是這麼樣一個聲音般的存在。不知道在那孩子心中，自己是怎麼樣的形體呢？這隻鳥類心想。

烏鴉離開了樹枝，展翅高飛上天。陰霾的天空下，只見灰色的城鎮。

牠想讓女孩看得見東西。不知從什麼時候開始，烏鴉滿腦子都是女孩的事。

提到眼睛失明的事，女孩總是裝作不在意，彷彿看不見也是理所當然似的。但是，每當烏鴉述說虛構的故事，講到遼闊的草原或是奇妙的生物時，女孩總會浮現「真想親眼看一看」神往不已的表情。

「最近，我連夜裡做的夢都是漆黑一片了。」

烏鴉想起女孩曾經語氣黯然地這麼說過。

不過，女孩說完後旋即轉為愉悅的聲音，開始聊起她最近摸過觸感最舒服的東西，彷彿決定不讓悲哀的心情讓人察覺。對她來說最開心的事，就是仔細地觸摸、感受各種物品，宛如將紅酒含在口中細細品味。

「小姑娘，妳怕黑嗎？」

女孩想了一會兒，輕輕地點點頭。

飛翔在滿覆烏雲、隨時都將下雨的天空，烏鴉心裡浮現一個念頭。

只要能讓女孩再一次感受光與色彩，即使世界染上血腥也在所不惜。

要能看得見，就必須有眼球。烏鴉拍動牠黑亮的翅膀飛出了大宅，前往城裡收集眼球。

2

烏鴉停在麵包店的屋頂上，俯瞰著下方。

麵包店的後院裡種了青翠茂密的樹木，粗壯的枝幹宛如肌肉結實的人伸長了手臂。其中一根樹枝上綁了繩索，下方繫著一個輪胎，這是麵包店主人為了五歲的兒子，在某個星期天架的。麵包店的小男孩臉頰紅通通的，頂著一頭捲髮的模樣非常可愛。

小男孩單腳勾著輪胎鞦韆來回擺盪，烏鴉目不轉睛盯著他瞧，這時店裡傳來男孩媽媽的聲音。

「該睡午覺了喔，不要再玩了，快回二樓去。」

麵包店的小男孩從鞦韆一躍而下，進屋裡去了。

烏鴉飛離屋頂，輕輕落在吊了輪胎的樹枝上，這個位置剛好可以望過二樓窗戶觀察房裡的狀況。牠看著麵包店的小男孩進了房間躺到床上去。

好，就決定拿這個男孩的眼球了。保險起見，在確認小男孩睡著之前，烏鴉只是靜靜等著。終於，烏鴉黝黑的眼瞳裡映入男孩發出輕微鼻息、胸口上下起伏的影像。

烏鴉輕飄飄地穿過開著的窗戶飛進房間，房裡滿是烤麵包的美味香氣。麵包店的小男孩睡得很沉，完全沒察覺披著暗黑羽毛的鳥類正悄悄接近枕邊。

烏鴉的尖喙刺穿男孩閉著的右眼皮，叼出了他的眼球。因為是送給女孩的禮物，牠格外小心翼翼地啣著。

這時，麵包店的小男孩從睡夢中醒來，他僅存的左眼看見了烏鴉，大聲驚叫：

「媽媽！烏鴉咬走了我的眼睛！」

聽見兒子的叫喊，男孩的媽媽連忙衝上二樓，而麵包店的男孩則憤怒地拚命想抓住烏鴉。

烏鴉奮力拍著翅膀躲開追捕，旋即飛出窗外逃走了。

黑色的尖喙啣著小孩的眼球，烏鴉在空中趕路，朝女孩所在的大宅奔去。

烏鴉從敞開的大宅窗戶飛進了房間，卻發現女孩趴在桌上哭泣。烏鴉想出聲喊她，才想起自己嘴裡還叼著眼球。於是牠把那顆滿是鮮血的眼球暫時先放到房間中央的圓桌上。

「小姑娘，怎麼哭了呢？」

女孩雙肩顫抖，抬起臉來面朝烏鴉的方向。看來她能夠從聲源的方向，大致抓出說話者所在的位置。

「我真是丟臉，居然被你看到我在哭的樣子。」

女孩臉上的兩個黑洞，盈滿了美麗的淚水。只要女孩的臉龐輕輕動一下，眼淚便從眼窩裡滴落，彷彿從裝滿了水的杯緣溢出一般。烏鴉不禁覺得這實在太美了。

「我好難過喔，你看房間正中央不是有一張圓桌嗎？」

烏鴉望了一眼剛才放了血淋淋的球狀物上去的那張桌子。

「桌上不是有個花瓶插著花嗎？我一直以為花瓶裡的花是新鮮嬌嫩的藍色花朵啊。」

烏鴉一看，插在花瓶裡的，是早已枯萎的紅色花朵。

「媽媽她騙了我。我一直深信那是藍色的花，因為媽媽是這麼告訴我的。」

「小姑娘，妳喜歡的是藍色的花？」

女孩點了點頭。

「如果是紅色的，她這麼告訴我就好了，沒有必要騙我啊。要不是剛才爸爸到房裡來看到跟我說，『這些紅花都枯了。』我還會繼續被蒙在鼓裡……」

真不想看到女孩哭泣的面容，烏鴉心想。

「好了別哭了，我今天帶了禮物來給妳喔。」

「禮物？」

「就放在圓桌上。」

女孩擦乾眼淚，走過去房間中央的圓桌前。女孩記得房裡每樣家具擺放的位置，她準確地走到放有枯掉的紅花和血淋淋的眼球的桌子前，停了下來。

女孩的雙手在桌面摸索，找到了麵包店小男孩身上的一部分。

「這是什麼？」

「來，妳知道這是什麼形狀嗎？」

女孩用手指確認了一下拿到手掌上的眼球，說：

「圓圓的，而且好軟喔。」

「妳把這個東西放進臉上兩個洞的其中一個裡面。」

女孩小心翼翼地將這圓圓軟軟的東西拿起來靠近眼窩，突然停下了手問說：

「右邊？還是左邊？」

「哪邊都可以，放吧。」

女孩將它放進臉上左邊那個窟窿裡。因為擺進去的時候沒有多想，瞳孔不巧轉錯了方向，不過眼球總算是好好地放進女孩臉上了。

「怎麼樣？覺得如何？」

「嗯，心情平靜多了。這禮物究竟是什麼呢？感覺好像是某種『填充物』……」

「絕對不能讓別人知道這東西是我送妳的，這是我們兩人的祕密喔，不管是爸爸或媽媽都不可以跟他們說。因為不能讓別人發現，妳要出去見人的時候，一定要記得先把它取下來藏在床底下，知道嗎？好了小姑娘，妳先躺床上休息一下吧，哭累的時候最需要好好休息了。」

女孩點點頭，打了個呵欠，揉了揉眼睛，恰好幫剛裝進去的眼球轉了大半圈回到定位。

「晚安了，陌生人先生。謝謝你的禮物。」

女孩躺上床沒多久便發出淺淺的鼻息。

「晚安。」

話聲剛落，烏鴉已振翅飛出窗外，前往城裡尋找另一顆眼球。

隔天，烏鴉又叼著新禮物來到女孩的大宅。牠先停在樹枝上，確認房裡除了女孩沒有其他人之後，輕巧地穿過窗戶進到房裡。

烏鴉把新的眼球放在圓桌上，出聲喚女孩，「小姑娘。」

「陌生人先生，我跟你說！」

女孩開心極了，對烏鴉說：

「我昨天做夢了！是真的有畫面的夢喔！我的腦海裡已經好久都沒有出現色彩了，那個夢真是太美了！」

女孩鉅細靡遺地向烏鴉描述夢中看到的景象。

「在夢中我家裡是開麵包店的喔。」

女孩闔上眼皮，邊敘述邊回想那個美麗的夢。雖然女孩已將禮物取了下來，但景象仍會殘留在她的腦海吧，烏鴉心想。

「夢裡的我是個男孩子，爸爸正在揉麵粉，而媽媽則負責把麵團捏成麵包的形狀。我在店裡頭玩耍，進門的客人都會對我微笑。而且我還單腳勾在鞦韆上玩喔，那是一個吊在我家後院樹枝上、用輪胎做成的盪鞦韆。」

女孩好長一段時間都處在只聞聲音而且全然漆黑的世界裡，這個彩色的夢著實令她興奮不已。烏鴉覺得欣慰極了。

「因為這個夢實在太美了，我一直把你送的禮物放在眼窩裡，起床睜開眼後就一直戴著了。不過你放心，只要聽到有人上樓，我都會立刻拿出來，放進玻璃瓶裡藏到床底下。但我自己一個人待在房裡的時候，就會一直戴著這個『填充物』，讓自己練習做夢。一開始我只有在睡著的時候，才看得見那家美麗麵包屋的世界，不過慢慢地，現在連迷迷糊糊半夢半醒的時候也可以看得見了，這一定是種習慣吧。」

「小姑娘，我今天又帶了禮物來給妳呢。」

「真的嗎？」

烏鴉告訴小女孩圓桌上那個「滿載夢境的填充物」就是要送給她的，女孩臉上全是期待，將那顆血淋淋的眼球拿到手上，放進空洞的眼窩裡。

「看見了，我看見了！陌生人先生！整個世界就像明色系的水彩顏料在水中擴散開來！」

單邊眼窩裡裝著眼球的女孩，雙手在胸前緊握，感謝上帝般地低喃道：

「這是色彩的洪水啊！『填充物』不斷釋出藍色的景象，在我腦海裡蔓延！」

那天烏鴉帶來的眼球是一位老太太的，老太太位在山丘上的家四周圍繞著花田。聽到女孩說她喜歡藍色的花，烏鴉思考著，牠想讓女孩盡情看她喜歡的東西，所以烏鴉必須找到每天都會望著藍色花朵的人才行。

烏鴉很偶然地從空中發現了這片藍色花田。花田中有一棟小屋子，屋裡老太太正打著毛線。老太太有很多孫子，她正在趕製送給每一個孫子的毛衣。

烏鴉停到一處可以清楚看見屋子內部的樹枝上，先觀察狀況。窗旁掛著一只烏籠，裡頭養了一隻金絲雀；老太太則戴了副眼鏡坐在搖椅上打毛線。突然，老太太停下打毛線的手，取下眼鏡放到一旁桌子上，然後像要稍解眼睛疲勞似地揉了揉眉間。過沒多久，老太太便開始打盹了。烏鴉於是飛進屋裡，輕飄飄地停到老太太的搖椅扶手上。烏鴉的重量只讓搖椅稍微晃了一下，老太太依舊舒服地做著夢。鳥籠裡的金絲雀開始騷動，烏鴉靜靜地將牠的尖喙插進老太太的眼。

「好美麗的藍色花海！」

女孩說：

「而且，我在這個『填充物』釋出的世界裡頭竟然打著毛線呢！我根本從來沒打過毛線吶！」

還要更多！更多！烏鴉心想，我要收集更多的眼睛，我要讓女孩看見全世界。就用我這副鳥喙，收集世上人類的眼睛吧。這麼一來，女孩肯定會萬分開心的。

我要讓女孩收集眼球的玻璃瓶裝得滿滿的。看著女孩流下感動的眼淚，烏鴉暗暗在心中起了誓。

1 章

1

一切都是後來聽別人告訴我的，我完全不記得那天發生的事。

那天，灰濛濛的天空從一早就不停下著雪，雪花從高聳的大樓間悄悄落下，往來行人撐著傘快步走著。

洶湧的人潮中，唯有我跪在地上。我拱著身子，將臉湊近人行道尋找某樣東西。我的雙手撐地，雨傘則被我拋在一旁。

這條路上的往來行人相當多，但每個人都只是快速地瞥了我一眼，便將視線移往遠方。沒人想和我扯上關係。

終於，一名好心的男子看不下去靠了過來。他一副剛下班的模樣，一手提著黑色公事包，另一手撐著黑色的傘。男子開口問我在找什麼。

據說當時的我好像聽不見他的聲音，完全沒有任何反應。

是隱形眼鏡掉了吧？我幫妳一起找吧，男子又再問了我一次。

不，不是。不是隱形眼鏡。我一邊拚命繼續找一邊回答他，快哭出來的聲音裡滿是無助。

好像直到這時，他才察覺我的樣子不對勁。

我沒戴手套，手掌直接撐在地面的積雪上，指頭都凍紅了，但我卻似乎絲毫不擔心會凍傷。

而且，我維持這個姿勢不知道已經多久了，背上都積了一層薄薄的雪，周遭所有事物彷彿都不存在我的意識裡，只是一味執拗地尋找某樣東西。男子感到些許恐懼。

怎麼搞的，到底掉到哪裡去了……？我焦急不已，不覺提高了嗓音。

男子忽然發現一件事。在我身邊的雪地上，有一點一點紅色的斑點。是血。

妳還好嗎？聽到男子的聲音，我抬起頭來望著他。聽說當時我的表情一臉茫然。

為什麼怎麼找都找不到，我的左眼應該就掉在這附近啊……從眼球原本應該在的位置一直到下巴，鮮血順著我的臉頰流下。下一秒鐘我已經倒在地上失去了意識。

後來我的左眼球在稍遠一點的路上被人發現，成了一團混著泥濘與積雪的奇怪塊狀物，再加上來往行人的踐踏，原形已不復見。

那天，因為連下了兩天的雪，整個街道白皚皚的一片，路上滿是撐傘的行人，我也是當中的一人。但不幸的是，不知誰的傘撞上了我的臉，傘的尖端恰恰刺進我的左眼皮和眼球之間，硬生生切斷了視覺神經，眼球就這麼掉了出來滾落地面。根據警方事後的調查，當時我正慌忙地想找回那東西。

我馬上被送進醫院治療，而我身上錢包裡的學生證上，寫著白木菜深這個名字。

……這就是在一月中旬，讓我喪失記憶的那個事故整個來龍去脈。

睜開雙眼，好一陣子只見一片迷濛。白色天花板，白色牆壁。我躺在床上，身上蓋著毯子。

床邊的椅子上坐著一位女士，正在看雜誌，我於是靜靜注視她。除了睜著眼睛，我一動也不動，也沒打算吭聲。

終於，女士翻頁的時候朝我這邊看了一眼。她仆地站起身，手上的雜誌應聲掉到地上，只聽她大喊，「快來人啊！菜深醒了！」

醫生來到我面前，問了我幾個問題。剛才通知醫護人員過來的女士也在旁一起聽我們的對話。

「菜深妳怎麼了？怎麼在發呆呢？」女士說，「不要東張西望了，好好回答醫生的話呀。」

我看了看自己的手，整隻手連指尖都纏上了繃帶。還有，我的臉上也斜纏著繃帶。左眼看不見東西。我想扯下繃帶，醫生和護士連忙制止了我。

「菜深……？」女士一臉疑惑地望著我。

原來菜深是人名。我告訴他們我沒聽過這個名字。

「菜深是妳的名字喔。」醫生指著緊靠在我身邊的女士問我，「妳認得這個人嗎？」

我仔細端詳她的臉。不認得，我搖了搖頭。

「這位是妳的媽媽喔。」醫生說。

我再次認真地看著那位女士。她手掩著嘴，像要逃離我似地往後退了幾步。

醫生告訴我，我的左眼受傷了。而由於無法承受事發當時的打擊，我失去了記憶。

我坐上了車，讓他們帶我回家。車內，我旁邊坐的是媽媽，駕駛席有一位男士開著車，媽媽跟我說那個人是我的爸爸。

媽媽不停地對我說話，滿臉期待我有所反應，但我因為無法理解她說話的內容，一路上只是沉默不語，結果媽媽似乎非常失望。

「怎麼變得不愛說話了呢。」爸爸說。

我不認得我家的模樣。門牌上寫著白木，讓我再次確認了那是我的姓氏。我脫了鞋走進玄關，接下來只能站在原地不知何去何從。

媽媽拉起我的手，帶我去客廳和廚房繞了一圈。

「都還認得吧？」媽媽問。

我搖了搖頭。

我被帶到二樓的房間。房裡有一臺鋼琴，應該是女孩子的房間。

「覺得如何？」媽媽問。

我回答說，這個房間很漂亮。媽媽告訴我，這是我的房間，從很久很久之前就一直是我的房間。我因為累了，便問媽媽我可不可以在床上坐一下。

「這是妳的房間，妳想做什麼都行呀。」媽媽說，我才發現她哭了。

爸爸拿著相簿和獎盃進來房間，獎盃底座上鑲著鋼琴比賽優勝的金屬牌子。

「這些妳都沒印象嗎？」

我點點頭。爸爸帶來的相簿裡有一張照片，照片中央的小女孩含著淚坐在沙堆裡，手上拿著一支玩具鏟子。我指著照片，問爸爸我小時候是不是常被欺負。

「菜深妳現在指著的是妳小時候常玩在一起的小妹妹，後面那個在笑的孩子才是妳喔。」爸爸說。

他們繼續拿出許多東西要我看，但沒有一樣是我有印象的。

有一個他們說是我自己做的花瓶，但我卻是第一次見到這東西。媽媽買給我的布偶的名字、我喜歡的電影的片名，我全部不記得了。

在家裡的生活，剛開始，我大小細節都得詢問父母，因為我連什麼東西擺在哪裡都不曉得。做任何事情，我都會一樣一樣徵得他們的同意。但是爸爸告訴我，我不必什麼都問過他們。

每件事都令我不知所措。夜裡，上樓梯時因為太暗了，我想開燈卻不知道開關在哪裡。好不容易找著了，開關上頭按鈕又有好幾個，我不知道按哪一個才對。我探頭問人在客廳的媽媽哪個才是樓梯電燈的按鈕。

「真是的！不就是這個嘛！」媽媽的語氣有點不耐煩。

對不起，我說。

為了幫助我恢復記憶，媽媽比爸爸更加賣力。每天她都告訴我失憶之前的事情，內容大部分是我們兩人之間的回憶。

「還記得有一次妳重感冒，整天都在昏睡嗎？」

不記得了。

「媽媽一直在旁邊照顧妳啊，還磨蘋果泥給妳吃，記得嗎？」

對不起，我不記得了。

「為什麼想不起來呢？」

我不知道，對不起。

「為什麼要道歉呢？菜深應該是更開朗的孩子啊。幼稚園的時候還常和媽媽一起去買東西，妳每次都會幫媽媽拿吐司麵包，記得嗎？」

我搖了搖頭。不記得了。

「為什麼哭呢！有什麼好哭的呢！」

要是我沒規矩或是做錯事，媽媽總會喃喃地說，「菜深以前不是這樣的，菜深以前很乖巧的。」

有好一陣子我把自己關在家裡，後來才慢慢試著到外面走動，有時也會遇到鄰居向我招呼。

有天吃飯的時候，爸爸說，「聽齊藤家的媽媽說昨天在路上遇到妳，跟妳打招呼，但妳沒理人家？」

我一直在回想她的長相。

「附近鄰居都在傳，說妳總是面無表情盯著人家看，讓人很不舒服。妳至少該跟人家點個頭吧。」

「真是丟臉。」媽媽很不高興地說，「附近鄰居都知道妳出事喪失了記憶，所以還說得過去。但就是因為大家都關心妳，所以才更要好好表現啊。妳臉上又包著紗布，特別容易引人注意，妳要是趕快恢復記憶就好了。不過在那之前，妳的言行舉止得快點恢復到以前的菜深呀。」

夜裡，我聽到爸爸和媽媽的談話。

「妳最近對菜深說話好像太重了點。」

「因為她變成這樣實在太誇張了，那孩子現在根本像換了個人似的。」

媽媽嗚咽著說。

後來我開始上學。

晚餐後，爸爸對我說，「妳之前念的是縣立高中，妳應該不記得同學的長相了吧。」

我點點頭。

「我給老師打過電話了，老師說可以讓妳回原來的班級就讀，還說隨時歡迎妳回學校。」

兩天後的星期一我就要開始上學了，聽說我的班級是二年一班。

我在自己的房間裡試穿制服，也翻開學生手冊和教科書看，還是一點印象都沒有。

教科書裡密密麻麻寫滿注解，是以前的我寫的，但我卻沒留下任何記憶，只覺得像是別人寫的東西。

星期一。

房間裡有個白色的手提包，於是我把教科書裝進去打算帶去學校，但是，媽媽一看到我手上的提包便皺起眉頭。

「菜深以前上學時，都背黑色背包的。妳也去換過來。」

我道著歉。媽媽從我手上拿走了手提包。

因為我不知道學校在哪裡，那天由爸爸送我上學。

學校的校園很大，爸爸送我到教職員辦公室。我必須加快腳步才跟得上走在前頭的爸爸。

辦公室裡，我們和班導岩田老師打了招呼。

「好久不見了。」這麼說完，老師像是想起什麼似地突然頓了一下，「對了，雖然我說好久不見，妳也不記得了吧。」

爸爸向岩田老師點個頭致意之後，便上班去了。辦公室裡其他老師都轉過頭來看著我。

「妳或許會覺得不自在，不過別放心上。妳喪失記憶的事情，大家都曉得的。」

岩田老師不時瞄向我的左眼。從那件事故之後，我的左眼窩一直是個空洞，現在戴了眼罩遮著。

我問老師以前的我是怎麼樣的學生。

「妳一向很認真，讀書跟運動都非常優秀，是班上的領導人物。不用這麼緊張，走吧，早自習快開始了。」

岩田老師催促我，帶我走出辦公室。走在走廊上，我必須緊跟在他身後，不然很可能會迷路。到了二年一班的教室前，老師回過身來問我。

「還好嗎？」

我搖搖頭。

一走進教室，原本鬧哄哄的教室瞬間鴉雀無聲，所有視線全集中到我身上。老師指了指教室正中央的一個座位，我過去那裡坐了下來。

老師把我的事情告訴大家，包括意外的經過和我現在的狀況，不過大家似乎早就曉得了。

早自習結束後是休息時間，大家馬上靠過來將我團團圍住，雖然都是我從沒見過的生面孔，但大家都非常自然地開口跟我說話。我連他們的名字都不曉得，他們卻比我還要了解我的一切。

「菜深！我們都擔心死了！」

「妳還好嗎？」

我答不上來，一逕緊閉著嘴，沒多久，氣氛開始有點尷尬。

「菜深，以前像這種時候妳都會和我們開玩笑鬧著玩的，不是嗎？怎麼了，臉色怎麼那麼難看？」

對不起。

坐我前面位置的女生對我說：

「妳真的什麼都不記得了嗎？」

嗯。

「那就由我來告訴妳吧，包在我身上，誰叫菜菜妳以前都借我抄作業啊。妳怎麼了？表情好怪。」

……我不知道妳的名字。

「不會吧！我們不是最好的朋友嗎？」

對不起。

「好啦沒關係，我是桂由里。不過妳呀，拜託早點恢復記憶喔。」

謝謝妳。

她告訴我許多從前的我的事情。她口中的我，根本一點也不像我。她似乎很崇拜從前的我，不斷告訴我從前的我有多棒。

「妳以前是班上的領導人物，只要妳一笑，大家也都跟著開朗了起來呢。妳記得鎌田嗎？就是那個很討人厭的英文老師！」
我搖搖頭。
「妳不是用英文講贏他了嗎？那次真的是幫大家出了一口氣呢！」
雖然回到學校上課，但老師講的內容我完全聽不懂。老師對著我微笑，跟我說以前的我是多麼聰明的學生，然後要我解題目，可是我答不出來。
「這種簡單的問題也答不出來了呀。」
老師失望地說。
那天我照紙條上的說明搭電車回家。我連離家最近的站名和家裡的住址都不記得了。

我有外公，聽說是某家大公司裡舉足輕重的人，在各界他的面子都非常大。
聽說外公比任何人都疼愛我，所以他非常心疼我現在變成這樣。
「菜深，外公說他一定會想辦法治好妳的左眼。」爸爸握著無線電話說，他正在和外公講電話，「外公說會找到眼球讓妳移植的。」
爸爸說只要取得眼球，我的外表就能恢復從前的樣子了。而且只要動手術將視覺神經接上，連視力都能夠恢復。

「菜深，妳變得好悶喔，多說些話嘛。」

在學校裡，每個人都這麼對我說。班上願意和我說話的同學，一天比一天少了。

有個同學想過來跟我聊昨天的電視節目，別的同學卻硬是把他拉走。

「菜深已經不是以前的那個菜深了呀，無聊死了。」

我聽見他們這麼竊竊私語。

只有桂由里還願意和我說話，她總是很懷念地聊著從前的我，不過當然那都不是我，而是我所不認識的某人。她說話的時候眼睛並沒有看著我。

而且不只由里，每當我連簡單的問題也答不出來的時候，老師也總是望著我緬懷從前的優等生白木菜深。

「和現在的妳比起來，從前的菜深真的是什麼都很棒。」

真的嗎？

「而且真的好可愛，嗯……雖然長相沒變，不過現在的妳，總覺得表情沒什麼變化，好像不管跟妳說什麼都不感興趣，像在跟空氣講話似的。」

對不起，我跟由里道了歉。

在大家心目中，現在劣等生的「我」，和從前優等生的「菜深」已然劃分開來，宛如截然不同的兩個人。

我發現媽媽看我的眼神愈來愈冷淡。聽爸爸說，沒喪失記憶之前，我和媽媽的感情就像親姊妹那麼好。

我在自己房裡念書的時候，爸爸進來了。

「這還是我第一次看妳這麼認真讀書。以前從沒看妳碰書過，成績卻總是那麼好。」

我問爸爸，如果我變得像從前那麼會讀書，如果變回從前的我，媽媽是不是就會喜歡我了。

「唉，這我也不知道。好了，眼淚擦一擦吧。」

爸爸一臉為難地說。

手術前一天，外公到家裡來看我。

「菜深，可以彈鋼琴給我聽嗎？就算喪失了記憶，身體還是記得怎麼彈吧？」

他們要我坐到鋼琴前。所有的人圍著我，爸爸媽媽、外公、舅媽、舅舅、還有表哥，所有的視線全集中在我身上，大家的臉上寫滿了期待。

但是，即使琴鍵就在面前，我的身體裡仍然湧不出任何音樂。我一動也不動只

的是陽光燦爛的公園裡，一個空蕩蕩的鞦韆。

因為月曆就掛在病床正前方，我幾乎總是望著這幅月曆。剛開始我用左眼看月曆，只能隱約看到模糊的輪廓。不過，拆掉繃帶後過了兩天，就連鞦韆的鐵鍊也可以看得很清楚了。

手術後一星期，今天是我出院的日子。

媽媽來醫院接我，在這之前她一次也沒來醫院看過我。只有外公曾露過一次臉，而且因為和我聊不起來，外公覺得無趣，待一下子就走了。

「左眼看得見了嗎？」媽媽問，「之前妳少了一隻眼睛，看上去總不像以前的菜深。現在妳兩眼都有了，感覺一定又不同了。」

我看著鏡子，發現左右眼的瞳孔顏色有些微不同。仔細看的話，新的左眼是茶色的，非常清澈的眼瞳。

媽媽目不轉睛地看著我有了兩個眼睛的臉，滿意地點點頭：

「外表已經是從前的菜深了，真好。」媽媽環起手臂，用告誡的語氣對我說，「妳趕快想起以前的事喔，因為現在的妳根本就不是菜深嘛。到底為什麼會變成這樣？連跟媽媽之間的事妳都不記得，真的好過分。」

說完媽媽便走出病房辦理出院手續。

而我仍坐在病床上，繼續盯著牆上的月曆看。感覺左眼的神經很順利地連繫眼球與大腦，應該已經相當適應了。不過因為在哭的關係，眼裡月曆的照片有點暈染開來。我抽出一張身旁的面紙，因為不能直接揉到眼球，我把面紙貼著眼角吸乾了眼淚。

我心裡滿滿的歉疚彷彿潰了堤，想起媽媽及班上同學說過的話。大家都深深喜愛著從前的我，至於現在的我，則是個什麼都做不好的人。不管誰對我說了什麼，總是讓我不知所措，不曉得該如何回應。當我吞吞吐吐不知該說什麼的時候，我知道大家心裡都在拿現在的我和喪失記憶前的我比較。即使我要自己別在意，這種感受依然揮之不去。我不禁想，如果現在在這兒的不是劣等生的我，而是優等生菜深，大家一定很開心吧。

我一邊想著心事，一邊將視線移往月曆那張坐著女孩的鞦韆照片上。

我想，得趁媽媽回來之前先把行李整理好，於是打算將視線從月曆移開。

就在這時，腦中突地閃過一個疑惑。剛開始只是稍微覺得有哪裡不對勁，等到我終於察覺癥結所在，一陣恐懼湧了上來。

我面前牆上的月曆，上面的照片應該是空無一人的鞦韆，但是不知何時上頭卻坐著一個女孩。

我忍不住輕呼出聲。摸了摸左臉，臉頰發燙，剛移植的新眼球也熱熱的，雖然不是會燙傷的熱度，但視神經似乎正在痙攣。

總覺得照片裡女孩坐著的鞦韆好像搖啊搖的。我告訴自己一定是哪裡搞錯了，鞦韆卻又盪了一下。

腦袋一團混亂的我閉上雙眼。原本以為眼前會陷入一片黑暗，但我錯了。即使閉上了眼，女孩也沒消失，反而形影更加鮮明。這時我才發現搖動的鞦韆與女孩都是半透明的，而且是只有左眼才看得到的影像。即使我閉上右眼，影像仍然非常清晰。

我勉強說服了自己這一定是夢，這一定是白日夢。

照片漸漸愈變愈大將我團團包圍，左眼看到的景象擴大到我整個眼前，病房於是成了一個陌生的公園。

一邊看著眼前的景象，我只能用手緊緊抓著床單，好確認自己現在仍在病房的病床上。

小女孩下了鞦韆。她的年紀看上去還沒上小學，一頭長髮隨著她的舉手投足躍動著。

鞦韆的鐵鍊已經生鏽，背景是一片森林。

突然間，左眼看到的夢境開始劇烈搖晃。實際上眼前不應該會晃動的，但我卻連身體都幾乎隨之動搖。女孩慢慢走近我，臉上露出了微笑。

就在那一瞬，夢裡的景象宛如潮水遠遠退去，靜悄悄地消失了。左眼中映著原本的月曆，還是那個沒有任何人的靜止的鞦韆。

我有點想吐。剛剛那個究竟是什麼？夢？錯覺？幻覺？可能是我以為照片突然動了起來，但其實是左眼在不知不覺間做了一場夢吧。

我再次仔細端詳這張照片，發現一些細部與剛才的夢境有出入。月曆上鞦韆的鐵鍊並沒有生鏽，而且背景是海。

病房門打開，媽媽進來了。

於是我帶著這股不可思議的感覺出院。雖然很想帶走那幅月曆，最後還是開不了口。

左眼的一場夢，唯有女孩的那抹微笑不停在我腦海浮現，那是一個肯定了我的一切、完完全全接納我的微笑。那股溫暖在我心裡蔓延開來，自從喪失記憶之後，我再也不曾從任何人那裡得到這種幸福感。

離開醫院的時候，媽媽看到我在哭，一臉不解地問：

「怎麼在哭呢？」

我答不上來。會哭是因為我突然察覺了一件事。由於夢中女孩的微笑讓我這麼安心，我才察覺到自己先前是多麼地緊張、不安與痛苦……

出院之後，我再度回到平常的生活。到學校去，上課聽講，幾乎沒和人說話。

我是孤獨的。

當我眼睛睜開，被告知自己喪失了記憶，一開始我根本毫無頭緒。我發現自己只是一味聆聽著周遭發生的對話，頂多隨之點點頭應和，沒有任何想法或感受。

但現在，我慢慢地能夠感覺到自己在每個瞬間是怎麼樣的心情。

我坐在教室座位上，聽大家聊著曾經是優等生的我的事情。即使我移植了新的左眼、拆掉了繃帶，我的立場卻沒有任何改善。

「以前的菜菜跟現在的妳完全不一樣，她都會和大家聊天，逗大家開心。」

聽起來好像不是我……

「真的，根本就判若兩人。而且以前的妳也比現在優秀啊，上次體育課比賽排球，都是妳害大家輸的。如果是以前的菜菜，一定兩三下就殺球殺得對方跪地求饒了。」

我在排球場上嘗到被大家冷落的滋味。因為我一直出錯，後來大家根本不把球傳給我，隊友紛紛露出嫌惡的眼光，這裡沒有我的容身之地。

下課的時間，教室裡喧鬧成一團，到處都是歡樂的聲音。我一個人坐在座位前，靜靜等待下一堂課的開始。最難捱的是下課時間，總是最讓我感到自己的可悲。

我閉上眼睛，回想在病房看見的夢境。想到那個對我微笑的小女孩，心裡安定多了。即使漆黑中湧現的不安包圍著我，她仍輕輕握住我的手。感到寂寞的時候，我便回想那個夢來維持內心的平靜。

那個女孩到底是怎麼回事？真的只是夢嗎？自從在醫院睜開眼，變成現在這個什麼都不會的我之後，我在睡覺的時候從沒做過夢。如果夢是由記憶重組而成，說不定這個女孩也是自己回憶的一部分。

於是我問媽媽，是不是有印象關於一個留著長髮的女孩子和一座森林中的鞦韆？

「沒印象啊。」媽媽搖搖頭。

真是遺憾。要是我的記憶恢復過來，就不會這麼悲傷了。我還以為現在的我可以消失，能夠重新變回那個受大家喜愛的菜深。

放學回家的時候，我在車站突然看見了第二個夢。

當時我一個人在月臺上，一邊用腳尖踢著黃色止滑地磚上的小突起，一邊望著兩列鐵軌，周圍許多下了課的學生。一群高中生談笑著經過我身邊，笑聲傳進耳裡，我甚至懷疑他們取笑的對象是不是自己。

電車還要一會兒才來。

左眼隱隱有點溫熱，本來以為是自己多心，但那股熱感卻愈見明顯。眼球的血管脈動著，彷彿嵌在左眼窩裡的不是眼球，而是一顆心臟。

我於是站定了不動，將所有精神集中在眼前看到的東西上。我的視線還停留在鐵軌，一直到剛才鐵軌的頂面還閃耀著銀灰的光芒，不知什麼時候卻覆滿了茶色鐵鏽。

是夢。我很確定這件事，於是閉上了雙眼。按照上次在醫院的經驗，這樣能夠更清楚看見夢裡的景象。

鐵軌的影像往下滑動，又彷彿是我自己緩緩抬起眼似的。但眼前的風景並非夕陽餘暉中的對面月臺，佔據我視野的是一片無邊無際的綠色森林。

地面整個被覆綠草，一節電車車廂被棄置草地中，大半車體像是被森林的樹木掩埋了似的。從外貌推測，應該是許久前已經停用的報廢車種。窗框扭曲，車窗玻璃也不知去向，車頂長滿了草，靜止的車廂宛如與森林融為一體。植物反射著太陽的光芒，應該是夏天吧。

這景象美得令人無法呼吸。我既沒有見過森林深處的記憶，也沒有眺望過無垠地平線的記憶。我這十七年來看過的所有事物全都想不起來，所以這樣的景象對我來說新鮮極了，深深印在我白紙般的腦海中。

夢境是半透明的。我睜開右眼看了看四周，其他人好像真的都看不到生鏽電車。我的右眼看到的是翻閱著報紙的上班族。

我上下左右移動著視線，左眼看到的電車影像卻如影隨形。不管我往上看或往後看，電車都一直在我眼前。右眼和左眼彷彿處在不同的空間。

突然我看到電車窗戶後面有幾個小孩，他們好像把電車當做遊戲場，也有孩子拿著樹枝不停敲打車廂。畫面都是無聲的，但總覺得似乎聽得見風聲和蟲鳴。

左眼的白日夢突然開始大幅晃動，以固定的節奏上下搖晃著。雖然我一直站在月臺上，卻像自己正在走動似地。我小心地維持平衡以免掉下月臺去。

夢裡的電車離我愈來愈近，愈來愈大。那群孩子望向我，而我的視線也很低，我察覺自己在夢中也是小孩子。

我走到電車旁停下腳步，抬頭望向車窗。對還是個孩子的我來說，車廂非常巨大，車體表面沒鏽的部分只勉強殘留著少許尚未剝落的漆。

一個看上去很好強的孩子探出車窗低頭看著我，夢境的右下角伸出一隻小手臂，我想那是左眼所看到我自己的手臂。那是隻小小的，孩子的手臂。我將手伸往電車車窗，但車窗很高，當然是碰不到的。

原本出現在窗戶的臉孔突然縮回車廂內，過一會兒他又再出現，卻是拿著小石子丟我。

我站在車站月臺上，忍不住「啊」地叫了出聲。一旁的男子嚇了一跳，看了我一眼。

夢境裡，用樹枝敲打車廂的男孩將手中的樹枝朝我丟了過來，夢裡那個小孩子的我當下伸出手來護住自己的臉。

回過神來，我發現自己在月臺上正做著相同的動作。

電車沿著鐵軌緩緩滑進月臺。夢結束了，左眼又恢復了平靜。

回到家，我把在車站看到的夢境寫到活頁紙上，並附上簡單的圖示，把場景以及孩子的模樣都整理好，看到夢境的時間和地點也一併記錄下來。

我有預感，以後應該還會看到類似的夢。

第一次是坐在鞦韆上的女孩，第二次是和森林融為一體的電車。我不知道這些到底是什麼，或許是我喪失記憶前曾經看過的景象，也或許是從前看過的電影畫面。

不過，我發現這些夢有一個很奇妙的規則。好比看到夢境的時候，我都剛好看著與夢境內容相符的事物。第一次是鞦韆，第二次則是鐵軌。當這些半透明的景象和實際事物相吻合的那一剎那，我的左眼就像放映電影膠卷似地瞬間開始運轉。

然而看得見夢境的只有左眼，總是在移植到我身上的這個眼球裡才會上映。我甚至覺得這顆新的眼球像個裝滿夢境的小盒子，而盒子是上了鎖的。平常左眼就像一般的眼球正常運作，但只要一插對鑰匙，夢境便會泉湧而出。這個鑰匙，一次是鞦韆，另一次則是鐵軌。

我把寫下夢境的Ａ４活頁紙裝進活頁夾裡。

我一直想起在車站看到的夢境。在夢裡還是小孩子的我，向車窗那頭的孩子伸出了手，但他們卻拿石子和樹枝丟向我……

雖然只是猜測，但夢裡的我，會不會是想加入大夥兒一起玩，卻遭到了排擠？車站看到的景象撩撥著我內心深處，簡直就像許久以前孩提時代的記憶滲進心頭。每每回想起夢裡的景色，苦悶的情緒便油然而生。無論是廢棄車廂的遊戲場，或是大家不願意和我一起玩的情景，我都是初次看見。對喪失記憶的我來說，這些都是全新的。

我極度渴望著回憶。除了最近病房裡的景象之外，再之前的事我完全沒有記憶，像是空虛而乾枯的沙地似的。沒有回憶的我，彷彿踩在一個隨時會崩塌的地方。

然後，不可思議的夢境出現在我眼前，那是我從沒見過的景色和體驗。它們沉潛進我心深處，讓我覺得安心，宛如水滲開來一般，透進了我心裡每一個角落。

自從在車站看到那個夢，過了一個星期，記錄夢境的活頁紙已經增加到二十張了。如同當初所預測，之後我又看到了好幾次夢境。

我發現夢境出現的規則，用鑰匙和盒子來比喻是正確的。成為鑰匙的東西，都是我無意間看著的事物，像是在電視或是書裡看到的東西，而這鑰匙將引出左眼的影像。

譬如打翻的牛奶盒，或是受驚嚇的小貓。這些影像一旦進入視線，左眼便開始發熱，而且不拘時間地點，只要關鍵的某樣事物映入左眼，熱度便瞬間產生。

接著左眼球滿載夢境的盒子打開，而盒子裡的影像膠卷同樣沒有脈絡可循。我一個人站在破碎的玻璃窗旁，看著腳下玻璃碎片的場景；被狗追的場景；校園般的廣場上，只剩自己一人佇立的寂寞光景……

隨著時光流逝，看見夢的頻率愈來愈高了。

有一天，我在教室座位上，一個人呆呆望著橡皮擦，突然左眼一陣溫熱，我曉得夢境又將開啟。每當這種時候，我總是滿心期待、心跳加速。這麼說或許很怪，但那種感覺就像即將首次看見舊相簿裡的自己一樣迫不及待。

橡皮擦宛如扳機，揭開了夢境的序幕，左右兩眼展開各異的半透明視界。我閉上雙眼，於是眼前只剩左眼的夢境上映著。

夢中的我在教室裡，因為身旁的人看起來都是國中生，我應該也和他們一樣吧。在夢境裡，我每次出場的年紀都不大一樣。

好像馬上要考試了，一個像是監考老師的男人將考卷分發到每個人桌上。

夢境裡，我的右手握著鉛筆，從黑色學生服的袖子看得出來是男生的手。每次我在夢裡出現的時候都是男生。我拿著削尖的鉛筆，開始填姓名欄，寫下歪歪扭扭的「冬月和彌」幾個字。姓名欄的旁邊印有「入學考試試題」的字樣和某所高中的校名。

突然場景隨視線緩緩移動。座位旁邊就是玻璃窗，外頭在下雨，天陰陰的，玻璃窗面因此映出了臉孔。那是一張年輕男孩的臉。雖然是我從沒見過的人，不過我馬上就明白那是我自己在夢中的模樣。

夢境到這裡便消失了。

和彌。趁記憶還沒消失，我把這個名字寫進Ａ４紙裡，再記下看到夢境的日期以及考卷上的高中校名，然後收進活頁夾。

那天晚上，我在客廳看電視，一邊想著眼球看到的夢境。

爸爸還沒下班，家裡只有我和媽媽兩人。我們之間沒有親密的氣氛，媽媽總是用看著陌生孩子的眼神看我，叫我的時候只用「妳」來稱呼，而喪失記憶之前的我則喚做「菜深」當區別。

晚餐後，我本來想回自己的房間去，但這樣似乎太過疏遠，後來還是決定和媽媽待在同一個空間裡。如果只有吃飯的時候才和她相處，實在太對不起她了。雖然我不是媽媽期望的「菜深」，還是希望盡可能和她待在一起。

電視正在播尋找失蹤人口的特別節目，畫面下方打出電話號碼，希望觀眾協助提供線索。

我對所有電視節目都沒印象，就連從我很小的時候就持續播出的長壽節目，也都從我的記憶裡刪去了。

電視上出現一張幾個月前失蹤的男子的照片。看到這個，我想起在學校時左眼看到的夢。

名叫和彌的男孩子，這就是出現在夢中的我。夢境都是以和彌的觀點上映，沒有聲音，只有影像，故事都以他眼中所看到的方式發生。仔細想想，確實之前看到的夢境也都是某人眼中看出去的景物。夢裡的景象會搖晃，就像自己正在走路似的；也經常有極短的瞬間會變暗，像在眨眼睛一般。

所有影像都不是由空中俯瞰自己的第三人觀點。

我心裡激動不已。雖然之前也曾看過和別人對話的夢境，不過因為夢裡沒有聲音，無法聽見別人怎麼稱呼我，現在被冠上和彌這個名字，突然間，所有的夢都具體了起來。

「媽媽要收拾碗盤了，妳還要看電視嗎？」媽媽站了起身。

不，不看了。

電視上出現一張小女孩的照片，年紀大約國小到國中左右。照片背景像是正在露營，好幾個孩子一起在戶外野炊。除了小女孩，其他孩子的臉孔都打上了馬賽克。

這時左眼突然開始發熱，像要迸裂開來似的。雖然每次夢境開啟前都會發生這種現象，卻從沒這麼強烈過。左眼劇烈脈動著，彷彿全力奔跑後的心臟，連接眼球與大腦的視神經宛如發出悲鳴。

我嚇住了，腦中一片混亂，眼睛也無法閉上，視線死命盯著電視畫面中的小女孩，我的身體無法動彈。

眼球裡的盒子打開了。汗水沿著我的背流下，一直存在左眼裡頭某個不好的東西眼看就要衝出來了。我有預感，這會是一場噩夢。

然而畫面卻突然變暗，女孩的照片消失了。左眼的發熱旋即平靜了下來，我也從動彈不得的束縛中解脫。我鬆了口氣，望向手拿遙控器的媽媽。

「電視我關了喔？」

我點點頭。

3

砂織和店長正在說話，而我……應該說是和彌，坐在吧檯前，手托腮望著兩

在夢中我和姊姊並肩走著，也曾兩人大眼瞪小眼地玩著撲克牌。我也曾經和她起爭執，兩個孩子哭著打鬧成一團，當時的砂織臉上滿是淚水和鼻水，非常誇張。

雖然大部分的時候砂織都比我高，不過我也曾夢到弟弟和彌的身高超過姊姊的時候。從那麼高的位置看周圍，那是現實中的我從沒體驗過的視線高度。

夢裡的世界總是有條理的。既不會沒來由地爆發戰爭，也不會出現飛去外太空的場景，都只是再平常不過的生活，然而我卻拚了命地吸收夢的內容。對於失去記憶的我來說，這些夢就如同我的人生足跡或是過往回憶的替代品。

看見夢的日期：三月十二日

出場人物：冬月砂織、父母

開啟夢境的狀況：看見放在架子上的掏耳棒，左眼對棒子前端的棉花球突然有了反應。

夢的內容：孩提時期的和彌與砂織（大約是上小學前的年紀）把頭枕在媽媽的大腿上，讓媽媽掏耳朵。輪到砂織，我在一旁邊玩邊望著她，手上還拿著玩具火車。砂織好像很不喜歡掏耳朵，一直僵著臉，她的鼻水弄髒了媽媽的膝蓋，而畫面裡爸爸正好經過她們身後。

看見夢的日期：三月十四日
出場人物：爸爸、爸爸的同事
開啟夢境的狀況：看著等紅燈的卡車，左眼有了反應，結果還因此錯過綠燈沒能來得及過斑馬線。
夢的內容：爸爸手上戴著粗棉手套，在製材廠上班。從視線的高度判斷，和彌應該還是小孩子。爸爸的工作服上到處都是機油，正在把剛砍伐下來的樹幹搬上大卡車。身旁還有一名年輕男子一起工作，因為他穿著和爸爸一樣的工作服，應該是同事。我正想過去爸爸那邊，爸爸立刻舉起手制止我，他的意思是「太危險了，不要過來」（？）。

看見夢的日期：三月十五日
出場人物：砂織、舅舅和舅媽
開啟夢境的狀況：看見爸爸抽剩的菸蒂，左眼有了反應。
夢的內容：我和砂織在舅舅家。喝醉的舅舅手一揮，打翻了舅媽拿過來的端盤，餐具散落一地。砂織僵著臉。

冬月和彌和砂織居住的世界在深山之中。夢中的場景多半是高峭的山嶺，或是護欄外側便是斷崖的山路。

冬月家除了和彌跟砂織，還有爸爸媽媽，所以應該是一家四口。我還不曾在夢中見過祖父母。而且，和彌的視線一旦超過某個高度，父母親便不再出現夢裡，可能是後來跟父母分別住在不同地方吧。

我撿拾收集著夢境裡無數的設定，這是一項非常有趣的作業。

夢中的父母總是溫柔地包容我，感覺非常窩心，但我對現實生活中的媽媽卻懷有罪惡感。夢境裡的父母比親生的媽媽更能給我安全感，我也曉得這是不正常的。

不管在家或是學校，我總是感到不安。但是只要回想起夢裡的事情，這種不安便能沖淡。我發現自己總是這樣逃離現實生活躲進夢裡，不禁悲從中來。

每次媽媽或朋友提起從前的「菜深」，我都覺得心好痛。和班導岩田老師或是菜深的朋友說話的時候，我總是無法直視他們的眼睛，因為我很擔心要是又搞砸了該怎麼辦，於是雙腳開始發抖，只想逃離現場。

「菜深，妳今天是值日生，記得擦黑板。」

啊，嗯，好……

就連朋友之間這種簡單的對話，也讓我緊張到心臟快要裂開來。剛才的發音是不是很奇怪？剛剛笑得很自然嗎？是不是讓對方感覺不舒服了？我總是忍不住擔心這種事，成天都活在緊張與恐懼之中。

而且到現在我只要看到鋼琴，之前那次失敗的經驗便浮上腦海讓我開始想哭。一切的一切都令我感到恐懼，全身無法動彈。

這種時候，我都好希望自己不是現實中的人，而是左眼上映的和彌世界裡的居民。雖然我知道這麼想是不應該的。

失去記憶的我，根本沒辦法成為「菜深」。我再怎麼努力，也無法像她一樣彈得一手好琴，或是變成老師喜愛的好學生。

不知不覺間，我已經理所當然地認定自己不是「菜深」了。

而且不只如此。現在的我，和剛喪失記憶當時的我也已然不同。本來應該是重返一無所知、一切從零開始的狀態，但我卻懷抱著各種各樣的情景活著，而這些情景，都不可能是生長於大都市的獨生女「菜深」所擁有的記憶。

現在的我很怕狗。看到狗的時候總是躲得遠遠的，擔心會被咬到。剛開始我還不明白為什麼自己會有這種反應。

「以前的菜深明明很喜歡狗的……」媽媽說。

後來，我才曉得這個改變的起因，在於左眼的記憶。

記錄夢境的活頁本裡，出現過這樣的事。

看見夢的日期：二月二十六日

出場人物：很大的狗

開啟夢境的狀況：上學途中，看到有人帶狗散步時，左眼有了反應。

夢的內容：狗追著我，而我拚命地逃。最後就在我被狗咬到的那一瞬間，夢結束了。

我想應該是因為這個夢，我才會對狗有戒心。我發現，以和彌的身分看到的畫面，在現實生活中也影響著我的精神狀態。

「我覺得妳好像已經完全變成另一個人了，」教室裡，桂由里對我說，「不過還是什麼都做不好嘛。拜託妳趕快恢復記憶，再這樣下去，會跟不上進度的。」

我點頭。我真的是個什麼都不會又沒用的小孩。大家都把「菜深」的影子重疊到我身上，只會讓我很想死。要我學她，我根本學不來。

媽媽放錄影帶給我看，裡面拍的是喪失記憶前的我，也就是「菜深」。媽媽原本希望能夠幫我喚回一些記憶，終究還是失敗收場。

錄影帶開始播放。「菜深」穿得很漂亮站在舞臺上，首先向觀眾一鞠躬，然後坐到鋼琴前開始彈奏。好美的旋律。我的耳膜感受著樂音，閉上眼，腦海便浮現一個透明的世界，「菜深」的手指宛如奇蹟一般，流暢無比地彈奏著。

另一卷錄影帶裡，記錄了菜深小學時慶生的景象。地點是家裡的客廳，許多朋友圍繞著菜深，她滔滔不絕地說著話。現在的我在學校裡一整個星期所說的話的分量，她十分鐘內就說完了。菜深和朋友打打鬧鬧，笑得好燦爛，還不時鼓起雙頰逗周圍的人開心。

錄影帶裡的女孩全身散發著迷人的光芒。雖然面孔和我一模一樣，但錄影帶拍攝到的卻是另一個人。

我覺得自己被囚禁在黑暗之中。

看見夢的日期：三月二十一日

出場人物：父母、製材廠人員

開啟夢境的狀況：在家居生活賣場裡看見電鋸時，左眼有了反應。

夢的內容：爸爸媽媽遭到意外。

我到家居生活賣場買學校要用的圓規，卻在裡面迷了路，來到與文具完全無關的工具區。

架上陳列的眾多工具中，有一臺圓形鋸刃的小型電鋸。電鋸映入眼簾的那一剎那，左眼突然開始發熱。我於是停下腳步，凝目注視著電鋸。

明明無人碰觸的電鋸，不知什麼時候鋸刃開始無聲地轉動。右眼中的實物影像和左眼裡的影像以此電鋸為中心漸漸重疊。我曉得左眼的白日夢又要開始了，我於是閉上雙眼。

夢裡，電鋸不斷噴出木屑，圓形的鋸刃正以高速運轉，將白色的木板吸進、切開。那裡是爸爸上班的製材廠。

雖然只看得見影像，我卻彷彿聽見木頭被鋸斷的聲音，鼻子也嗅得到濃郁逼人的木材香氣。

製材廠的人用電動圓鋸鋸著木頭，我一直在旁邊看他們工作。我站在廠房旁邊，眼前是大到可以開進整臺卡車的廠房入口。從視線的高度判斷，我應該還是少年。

突然視線開始移動，我看到了並肩站在一起的爸爸和媽媽。爸爸在製材廠上班，而媽媽常會帶著我去探班。

爸爸媽媽站在一臺超大型的卡車旁邊。卡車的車臺上堆著許多粗樹幹，以繩索固定著。

爸爸對我揮揮手，我正要走近他們。

這時，卡車車臺上捆著的樹幹突然崩塌，正好落在卡車旁的爸媽身上。

我在家居生活賣場裡面放聲尖叫。

左眼還映著被壓在樹幹下的兩人。我想讓夢立刻終止，但這不是我能操控的。

無論我的眼睛是睜開或是閉上，這個白日夢都繼續放映，我連想移開視線都沒辦法。

夢裡，我呆站在原地，一直到製材廠的大批人員湧上之前，我完全無法動彈，只能靜靜地在一旁望著被壓在樹幹下的父母親。壓著兩人的樹幹很快就被搬開了，但是我曉得他們並沒有逃過這一劫。和彌長大後的夢境裡都沒有父母親的出現，原因恐怕正是這場意外。

大量的鮮血從倒地的父親頭部淌出來。

左眼的記憶到這裡突地結束，眼前景物回到了現實世界。我癱坐在家居生活賣場的陳列架之間。店員聽到我的慘叫立刻趕了過來。

三月底，我回到先前接受眼球移植手術的醫院做定期檢查。剛出院那段時間我時常回醫院複檢，進入三月後這卻是第一次回醫院。去醫院的路線我已經記住了，所以後來都不再麻煩父母陪同，我自己一個人搭公車過去。

在醫院外頭，我重新仔細端詳這棟建築物。這是鎮上一家隱密的小醫院，之前我沒留意，但其實這是一棟散發著奇怪氣息的建築物。首先，這家醫院沒有招牌，入口還被樹叢遮住，大部分的人經過這裡，應該都不會注意到這裡有間醫院吧。

我在入口處換上綠色拖鞋。我想找一雙沒破的，找不到。

除了我，門診似乎沒有其他的病患，只有一位已經稱得上是婆婆的老護士，面無表情地坐在掛號處。不只候診室，整棟醫院裡都是灰灰暗暗的。之前我在二樓住院的時候不覺得有什麼奇怪，但現在突然發現這裡很可疑。搞不好是因為我自己內心有所改變的關係吧。

掛號處的護士叫了我的名字，於是我走進診療室。裡面空蕩蕩的，只有屏風、病床、桌子和椅子。

醫生坐在桌前不曉得在寫什麼文件。他是一位留著短髭、五十歲上下的醫生。我向醫生點頭打了招呼。

「請在那邊躺下。」

醫生說完，視線又移回手邊的資料。我躺在病床上等待診察。

我望著天花板好一會兒，轉頭看了看身旁，牆上掛著一面很大的鏡子，剛好映著躺在病床上的自己。

我回想起眼球移植手術的時候。我在手術室裡，也是躺在一張像這樣的病床上。那個時候，是我第一次見到我現在左臉上的眼球。

在那之前，我少了一隻眼睛，臉上有一個窟窿。動過手術之後，外表已經恢復為記憶喪失前的「菜深」，但一切的狀況卻還是老樣子。移植手術除了修復外表以外什麼也改變不了，這一點真的很遺憾。

剛開始媽媽看到我又恢復了兩個眼睛，心情似乎很好。

「這是菜深的臉呢！」

她開心地迎面端詳著我，笑咪咪地捏了捏我的臉頰，我嚇到差點沒跳起來，接著湧上一股幸福的感覺。媽媽這麼開心，真是太好了。

只是，沒過多久她就明白我並不是「菜深」了。每當我做出從前的「菜深」不會犯的錯或是舉止，媽媽總是很不高興。或許正因為我們的面容一模一樣，她才更難原諒我吧。

醫生整理手上的文件，檢查馬上要開始了。

我望著牆上的鏡子，左眼感到一股溫熱，是夢境將開啟的徵兆。鏡子裡映出的影像應該就是那把鑰匙，即將引出左眼的夢境。

但是，左等右等白日夢都沒出現。不管是少年時期的和彌、砂織或是夢裡的森林，我都沒看見。左眼只看見躺在病床上望著天花板的自己。

不，不對。我的心跳開始加速。不大對勁。下一秒鐘，我明白了自己所看到的景象其實是很不自然的。

鏡子裡面，躺在病床上的我怎麼可能望著天花板？既然我正在看鏡子，那我應該會看到自己的正面才對。看到自己的側臉簡直太奇怪了。

想到這兒，我又陸續察覺到其他不自然的地方。總覺得畫面模模糊糊的，像在水裡面似的，而且畫面的四周還是扭曲的。

冷不防地，我明白了。這個場景並不是診療室，而是手術室。這是我在這家醫院的移植手術正要開始之前，躺在病床上的自己的模樣。

我的腦中一片混亂，於是試著閉上雙眼。剛才那種失焦的感覺立刻消失，只剩下左眼釋出的手術室景象清楚地在我眼皮內側上演。為什麼眼球的夢境會是這個景象？這兒明明不是和彌他們的世界。

我拚了命地回想手術即將開始之前的事。對了，沒錯，那時應該有一個裝著眼球的玻璃容器放在我旁邊。如果將現在看到的景象，解釋成那顆眼球所看到的景象，那麼當時的我的確正是這副模樣。

我完全懂了。畫面四周之所以扭曲，是因為從玻璃容器內側看出去的關係。畫面看起來之所以朦朧不清，是因為眼球當時正泡在溶液裡。

原來這都不是夢。我現在所看到的，就是左眼球從前見過的景象。我一直以來看到的那些畫面，既不是幻覺也不是白日夢，不折不扣正是眼球的記憶。眼球盒子裡面裝的東西，都是曾經映在視網膜上的過去的景象啊。

「不好意思讓妳久等了，我們開始檢查好嗎？」

醫生不知道什麼時候已經在我身邊了。我搖了搖頭，從病床上坐起身。

即使如此，左眼還是持續上映我自己躺在病床上的景象。那張望著天花板、充滿不安與恐懼的臉孔，突然轉了過來。
我發現剛才我看到的側臉原來是右臉。因為那個臉孔的正面，左眼窩的地方只是一個黑幽幽的窟窿。

4

驚覺到左眼看到景象的實體為何，接下來在醫院接受檢查的過程裡，我完全無法思考。醫生好像問了我一些問題，但我不記得自己是怎麼回答的。不知不覺檢查結束了，我步出醫院。

回家途中我繞去書店，尋找高中入學考資料區的書櫃。我拿起厚厚的一本全國高中介紹，試著從中找出和彌報考入學那間高中的名字。一下子就找到了，因為左眼看過的景象裡，和彌的考卷上印著的那所高中是真實存在的。

在那之前，我從沒聽說過這所高中。原本我一直以為那不過是一間不存在的高中，沒想到，同樣在這個國家裡，真有這麼一所學校存在。

如果說左眼看見的景象，全都是我自己憑想像編出來的夢境，那這所學校存在的事該如何解釋？難道是我無意識間曾經聽說過這所高中，而導致這個校名在夢中出現？不，我想不是這樣。這個結果，正證明了左眼所看到的景象都是過去實際發生過的情景。

因為這個左眼原本是和彌的眼球，而和彌是確實存在的人。這樣的眼睛，輾轉嵌進了我的眼窩。所以我一直以來看到的景象，正是和彌曾見過而記憶下來的事物。這麼一來，那本活頁本就不能叫做「夢的紀錄」了，嚴格來說，應該稱為「眼球過去所見景象的紀錄」才對。

我的心情很複雜。自己曾經萌生的這些情感，甚至不知該如何是好。

一個我一直以為不存在的世界。我在這個奇妙地自成一個家庭的夢想世界裡，變身成一個叫做冬月和彌的虛構人物。我吸取左眼的影像，一點一滴存放進心裡以填補我喪失的記憶。我想讓我那如同白紙的腦子裡，填滿和彌所見過的景象，好似追隨著和彌的足跡體驗他的人生一般。這讓我覺得自己並不是菜深，反而幾乎成了和彌。

然而，和彌並不是想像中的人物。包括砂織以及其他種種景象全都不是我腦子裡的假想國度，他們都是實際存在的。正是這點令我覺得不知所措。我突然覺得很害怕，如果這些都只是夢，砂織就相當於電影裡的一名出場角色而已；但如果這些都是過去事件的紀錄，這些看過的景色也好人物也好，全都令我沉重不已。

不過其實除了不安，我心中也相對湧出一股近似期待的情緒。

這些影像為喪失記憶的我帶來勇氣，只要想到影像裡頭所見到的人和景象都確實存在於某個遙遠的地方，我的心情便完全平靜不下來。

自己現在踏著的這塊土地，和我一直以為是夢境的景物其實是相連的。我抬頭仰望的這片天空，也和在某處生活著的砂織頭頂上是同一片天空，而且說不定她現在正和我一樣凝望著天空的同一個位置。

從片斷的左眼記憶裡，我得知了和彌念的學校、每天通勤的車站與地名。影像裡在小地方出現的文字，我全都記錄下來了。

上醫院的隔天，我開始逐項展開調查。這並不是什麼艱難的作業，我只花不到一天的時間，就鎖定了和彌和砂織居住的地區位於國土的何處。

他們住的地方，從我家搭新幹線大約需要半天的時間。我查了一下地圖本，發現在左眼影像中曾經一閃而過的市名，被小小地印在地圖上。那是離海邊有段距離、一個靠山的市鎮。我的視線停在那一頁好一陣子。

究竟是什麼樣的因緣際會，和彌的眼球會被送到醫院來？我很介意這點，想向外公問個清楚。

我決定打電話給外公。撥著外公家的電話號碼，因為害怕，中途好幾次掛了電話。上次住院時外公曾來看我，之後我們就沒說過話了。我不大記得當時和他說了什麼，只記得我沒能好好和他聊聊，心裡對外公很過意不去。

電話響了數聲，外公終於接起電話。

「左眼狀況如何？記憶都恢復了嗎？」

外公聽起來心情不錯，他開朗的語氣適時減緩了我的緊張。

記憶還沒有恢復，不過眼睛狀況沒問題。大概聊了一下父母的事情之後，我切入正題。

我問外公眼球的來歷。

「妳想知道眼球從哪來的？」

外公的聲音聽起來有所保留。

「菜深，這種事情，我們不一定要知道的……」

外公雖然沒有說得很清楚，不過和彌的眼球似乎並不是經由正常管道取得再移植到我臉上。

眼球捐贈者必須在生前向特定的機構提出申請，登記表明願意提供器官。然後在死後，必須獲得家屬同意，才能取出死者的器官，再交由相關機構接收，移植到需要的人身上。

因為外公是那個機構的高層，當初其實是非法取得眼球。需要眼球的人很多，如果按正常程序排隊等候，可能必須等上好幾年。而且一般都是雙眼失明的人優先考慮，而不是像我這種單眼失明的人。如果沒有採取不法手段，我是不可能取得這顆眼球的。

需要移植這顆眼球的人，原本不應該是我。我覺得很罪惡，這是耍手段從真正需要視力的人那裡搶過來的。

「妳生氣了嗎？」外公試探性地問。

怎麼會呢……只是，我覺得這麼做是不對的。在我的內心，有著與和彌眼球相遇的感激，也有著做了違法行為的自我苛責。

我的腦中閃過一個好主意。我對著話筒，戰戰兢兢地跟外公提提看。我還有一件事情想拜託外公，就當作是贖罪……

「只要是我辦得到的當然沒問題。」

我很擔心外公會拒絕我，不過，我覺得這是一個很好的主意。

我想下次由我們捐贈器官出去好不好。我們提出申請表，死了以後就能夠將眼球捐給需要的人了……

電話的那一頭瞬間陷入沉默。我真後悔說了這些話。

這時，傳來外公的笑聲。

「有意思。我會認真考慮的。」

我驚訝得臉都脹紅了，接著心底湧出一股難以言喻的滿足。

掛上電話後，這種幸福的感覺仍持續了好一陣子。謝謝您陪我聊天，我在心裡不停地對外公說。

和彌已經死了，這一點是千真萬確的。而想要捐贈器官的他，應該曾經提出死後願意捐出眼球的申請文件。後來不幸地意外發生，和彌失去了生命，於是他的眼球被取出來，移植到了我的臉上。

看著和彌孩提時期的記憶，我吸取著他或悲或喜的經驗。我就在他身旁，陪伴他走過他想體驗的各種事物。或許可以說，我們是共同擁有這些情感的。

雖然只有影像，但我總是能夠明白和彌的感受。快樂的也好，悲傷的也好，全都成了我的一部分。

我喜歡和彌。我喜歡以他的身分來看這個世界。所以知道他已經過世，我心裡好悲傷。

失去了父母和弟弟的砂織，現在又是抱著怎麼樣的心情過活呢？我打開地圖本夾著書籤的那一頁。數不清已經是第幾次了，我總是靜靜望著那個地點發呆。

好想見她。雖然不知道見到了面要說些什麼，但是至少讓我看看她也好。想到這，我的心裡難受得不得了。

自從知道這一切都不是夢之後，左眼的影像每天還是會上映個一、二次，次數多的時候一天甚至會來個五次。左眼發熱，然後小盒子裡的影像開始播放，將一個人在一輩子裡所看到的影像，隨機挑出片斷全部播一遍。

不過可惜的是，相同的影像不會出現第二次。播映的機會只有一次，如果錯過，就不會有下一次了。所以我總是非常專注地看，並將所有細節記錄下來。

我完全不覺得厭倦，反而是渴望知道更多、更多。我對和彌跟砂織的愛，隨時間的流逝愈來愈強烈。

但相對於此，自己對父母及學校的感覺卻是愈來愈薄弱。

「妳啊，最近怎麼了？學校打電話來說妳沒去上學，是真的嗎？」

我一直都待在咖啡店裡看書，要不然就是在圖書館打盹，也曾經在公園池塘的橋上，望著鴨子一整天。

我心裡滿是罪惡感。即使如此，我更害怕的是上學。走到校門口，我的雙腳便無法再踏出一步，動也動不了。

如果是「菜深」的話，一定會踩著輕快的腳步走進校門，開心地與班上同學會合吧。但是，現在的我卻完全沒有容身之處。

「為什麼不去學校呢？以前不是很喜歡上學的嗎？」媽媽繼續追問。

蹺課的事情被發現，我好愧疚，背叛了媽媽讓我覺得很難受。

媽媽一直忘不了「菜深」，所以才會責備現在的我。她一直覺得如果認真接受了我的話，那麼「菜深」就真的會消失無蹤了。

「妳就那麼討厭上學嗎？頭抬起來，回答我！」

我的心像被揪住了似的。

「對不起，沒有去上學的事，我不應該瞞著妳的。」

我下了決心，直視著媽媽的雙眼說。心中湧出了悲傷、不安，我無法克制自己顫抖的聲音。

我很努力讀書，也練了鋼琴，可是就是沒辦法像以前那樣優秀。我也努力練習微笑，但是不管我做什麼都跟不上大家，我也知道大家都很失望。現在的我，真的是個沒用的傢伙。

可是，我會幫忙做家事，而且我最喜歡媽媽了，所以我希望媽媽也能喜歡現在的我……我這麼告訴了媽媽。

媽媽冷冷地看了我一眼，什麼都沒說便走出了房間。從那天起，她不再跟我說話了。媽媽和我徹底決裂。

隔天，我決定改造自己的房間。我把家具擺到自己喜歡的位置，移動了床和電視的位置，窗簾也換上新買的花色，撕下房間原本貼著的各式海報。我改造了「菜深」一手打造出來的房間，再也看不出「菜深」房間的影子。

改造房間發出很大的聲響，爸爸過來探究竟。

「原本放這裡的『好時光』呢？」

爸爸指著房間櫃子問。「好時光」是一隻小豬布偶的名字。

「我把它收到壁櫥裡去了……」

「真是不敢相信！妳居然會把那個玩偶收起來！」爸爸疑惑地看著我，搖了搖頭說，「真是搞不懂妳耶，總覺得，這樣好像太……」

我不知道怎麼辦，覺得很不安，甚至想是不是該把房間弄回原本「菜深」佈置的樣子。

我吞吞吐吐地說不出話，爸爸拿起桌上的活頁本。

「這是什麼？」

他一邊說，一邊翻開了活頁本。是那本記錄了和彌人生的活頁本。

「那個……是學校的作業啦。」我慌張地回答。

「是嗎？」爸爸一臉無趣地將活頁本遞還給我。

手上活頁本的重量給了我勇氣。我一邊回想左眼之前看到的記憶，對爸爸說：

「爸爸，我想把房間改成自己喜歡的樣子。因為即使是從前很寶貝的東西，對現在的我來說也沒感覺了啊。」

爸爸雖然面有難色，還是點了點頭說：

「這樣可能也好吧……」

下午我到圖書館去，想從舊報紙找出和彌死亡的事故報導。關於和彌的死，我沒有任何頭緒。我不曉得他是在什麼時候、什麼樣的狀況下嚥下最後一口氣。雖然知道從舊報紙找到和彌死亡報導的可能性很低，但我卻無法不採取任何行動。

這間市立圖書館保存了最近三年內的報紙實物供人借閱。只是，雖然知道要找舊報紙，我卻不知道該找多舊的報紙。我站在堆疊著大量報紙的書架前，不知從何下手。和彌究竟是什麼時候死的呢？我開始思考。

聽說器官取出之後，必須盡早完成移植手術，所以眼球應該不可能保管好幾個月才對。這樣的話，我只要查接受眼球移植手術前一陣子的報紙應該就夠了。和彌不可能在好幾年前過世，一定是不久前才剛離開這世界。

我接受手術的日期是二月十五日。於是我從那天往回推，仔細地查看報紙內容。

我一邊留意事故罹難者的姓名，尤其是交通事故的報導，一邊翻著報紙。視線追逐著紙面的印刷小字，我不禁在意起人名下方括弧裡的數字。當然那標示的是罹難者的年齡。

和彌是幾歲的時候過世的？左眼的記憶中，從未出現過滿臉皺紋的砂織，表示眼球並沒見過砂織中年或年老的時期。很可能因為和彌沒能活到那個時候，年紀輕輕地便失去生命。

到目前為止左眼上映過的記憶中，和彌年齡最大的時候，砂織看起來也頂多二十七、八歲，這麼說來，和彌死亡的時候應該是二十多歲的年紀。

我在圖書館查了兩個小時的報紙，把符合推估時間帶的報紙整疊從書架上取下抱到閱覽桌上，一份份查閱那些密密麻麻的小字。這個作業很傷眼睛，所以我中途暫停了幾次讓眼睛休息。要是以左眼球的立場，這個作業根本就是要它找出自己所屬身體死亡的報導，想來更是異常嚴酷的一項任務。

我找了很久，還是看不到冬月和彌的名字。雖然也想過搞不好只是我看漏了，說不定他的名字就在剛才翻過的報紙裡，不過應該是不可能了。本來我和他們住的地方就有點距離，或許是我們這地區的報紙沒有刊登吧。雖然很遺憾，我還是決定放棄了。

我打算把抱來翻閱的報紙放回原處，不過因為這些報紙都是依照日期收藏的，我必須先找出原本放置這區報紙的書架。

事情就發生在那個時候。我的視線突然定在書架上某疊攤平的報紙上頭。那個書架放置的是大約一年前的舊報紙，成疊的報紙裡，最上面的那份有張照片，突地映入我眼簾。

那是一篇關於失蹤女孩的報導，附有女孩長相的照片。報導的篇幅並不大，但這個發現對我來說，簡直像是命運般的巧合。

大標題寫著，「十四歲國中女生行蹤不明」

「昨日，相澤瞳（14）和朋友外出後即下落不明……」

我看著她的照片。望著鏡頭的相澤瞳，以彩色印刷出現在報紙上。這張照片大概是從學校班級合照之類的地方擷取下來的。她的臉，我好像在哪裡看過。

突然我的左眼感受到前所未有的劇痛，眼球彷彿變成一團熱塊，在我臉上蠢動著，左眼痛得像要爆炸開來。

之前也曾經在看電視的時候，發生過類似的狀況。記得當時電視正在播放尋找失蹤者的節目。

我想起來了。報紙上的照片，就是那時在電視上看到的女孩。我的視線無法從女孩望著鏡頭的照片上移開。

左眼不停痙攣，我感覺到微血管的收縮，血液彷彿開始逆流。

有什麼不祥之物在眼球的小盒子裡，而那個記憶即將開啟。不行，我得把視線從照片上移開才行。

但我的左眼視線彷彿被強大的磁力吸住，直勾勾盯著相澤瞳的照片一動也不能動。

她是個大眼睛的女孩。突然，她的眼睛眨了一下。

不，並不是照片中的她動了。而是又開始了。記憶的盒子打了開來，左眼開始播放影片。相澤瞳的照片成了那把鑰匙，引出重疊在照片上的半透明影像。而這一連串的影像一旦開始播放，我的視線便無法移開直到放映完畢為止。

我閉上眼睛，左眼的影像開始蔓延，淹沒了我的腦海。我被抛進和彌見過的過往記憶中。

離和彌有點距離的地方，出現了女孩的臉龐。我認出那就是相澤瞳本人。女孩躺在地上，就在玻璃窗的另一頭。女孩面無表情地看向這邊，又眨了一次眼睛。

整個畫面開始滑動，映出四周的景象。那兒位於森林深處一棟很大的屋子旁，屋子的外壁由藍色的磚砌成，是一棟西式風格的屋子。和彌就站在屋子的側邊或是後方。

視線再次回到看得見相澤瞳的窗戶上。窗戶位在腳邊接近地面的位置，裡頭應該是地下室吧。這是一個橫長型的小窗戶，玻璃很髒。透過窗戶探看裡面，看得見女孩躺在地下室的地上。室內很昏暗，視線不是很清楚，不過藉著窗戶透進的光芒卻能清楚辨識女孩的面容。

我在圖書館裡，難以置信地看著這個景象。為什麼失蹤的少女會出現在地下室？

為什麼和彌會看著這一切？

我一片混亂。然而，腦海卻浮現一種假設：相澤瞳有可能是被人軟禁在地下室。若真是如此，那和彌這個發現顯然非同小可。

我驚懼不已，呆立圖書館一隅，全身動彈不得。

左眼的畫面離開窗戶，視線轉向周圍茂密的草叢。感覺得出和彌神經質地留意著周遭動靜，連他的呼吸都彷彿清晰可聞，或許他很害怕被這棟屋子的屋主發現吧。

這棟屋子的屋主，就是把相澤瞳關在裡面的人嗎？

屋子和草叢間有一條窄窄的小路。這棟建築物有兩層樓，四周都是森林，樹葉都掉光了，整片森林盡是剩下枝枒的林木。應該是寒季吧。

和彌的手上，不知什麼時候握著一支大型的一字起子，大概是帶在棒球外套的口袋裡。他跪到地上，把臉湊近看得見相澤瞳的那個地下室窗戶，仔細地檢查窗框四周。

我知道和彌接下來打算做什麼。他一定是想救出女孩。

窗戶整個是嵌進牆裡的，找不到卸下窗戶的螺絲。和彌再次確認過四下之後，將起子插進牆壁和窗框間的縫隙，看來他想用蠻力撬開窗戶。

但和彌卻突然停下來，他似乎發現了什麼。下一瞬間，我也看到了。

躺在地下室深處的相澤瞳，她的頭部側貼著地面望向這邊，身上的服裝看上去很怪。不，那不是一件衣服，只是一個布縫的袋子。她整個人被裝進布袋裡，只有頭的部分露了出來，在脖子一帶還像束住袋口似地繫著細繩。

布袋的大小也很詭異，我的心中滿是不好的預感。剛才因為房間太暗沒注意，其實裝著相澤瞳的布袋，很明顯地尺寸過小，怎麼看都不像足夠裝進一個人的大小。我想她是不是屈起腳蜷在布袋裡？但如果這樣，布袋應該會鼓得更大才對。映在左眼裡那個裝著女孩的布袋，幾乎就只有裝進身軀部分那麼大。

難道……但，我否決了這個假設。如果她沒有手腳的話，就能夠如同畫面那樣被收進袋子裡了。我好恨自己竟閃過這樣的臆測。我摀住了嘴。

就在這時，左眼的畫面開始劇烈上下晃動，原本在窗邊的和彌跑了起來。他繞過屋子的轉角，躲在那兒。他靠在藍磚砌成的牆上，留意著四周的風吹草動。當然我聽不見任何聲音，不過我很肯定和彌一定是聽到了誰的腳步聲，才會逃開來。

屋子的藍磚佔據大半的畫面。眼前是這棟建築外牆的轉角，再過去一點就是和彌剛才所在的地方。地面上出現了一個影子，有人。

我驚恐得完全無法呼吸。

和彌像要躲避人影似地往後退了一步。接著畫面移動，他朝下看，想把手上的一字起子收進棒球外套口袋裡。

不幸就在這一刻降臨和彌身上。他手上的大起子鉤到衣角，從手中滑落。起子我茫然佇立在圖書館裡。左眼在記憶播完之後，曾有的發熱也彷彿從未發生過似的。現在的左眼只是我身體的一部分。

我想，我一定得去一趟他死亡的地點。

因為在離意外現場不遠的地方，相澤瞳一定到現在還被軟禁在那棟屋子裡。

2 章

1◆某童話作家

三木做了一個夢，夢見許多人從天而降。

他站在某個城市的大樓樓頂眺望著遠方，這個位置可以清楚看到掉落下來的人。

每個落下來的人都身穿黑色套裝，有男也有女，無數的人從遙遠的高空落下。仰頭一看，紫色的天空萬里無雲，遠看只是小黑點的人們宛如星星一般布滿天空。他們頭下腳上，隨著落下慢慢變大，彷彿下雨一樣吧嗒吧嗒吧嗒吧嗒吧嗒地掉落地面。或許是睡著了吧，人們的臉上不見一絲恐懼。

三木從樓頂俯瞰整個城市。無數的人撞上了屋頂或道路，染出朵朵紅花。人體因為撞擊而扭曲變形，就這樣層層堆積在城市裡。而三木身處的樓頂，卻沒有任何人掉落上頭。

這時三木醒了。他在書桌前重讀剛寫好的稿子，不知不覺睡著了。地毯上散落著列印稿，他把稿子撿起來。

「醒了嗎？」沙發上的女孩偏著頭問。

「你已經睡一個小時了，害我一直好無聊。」

三木整理好稿子放到書桌上。這張古董書桌是之前住這棟屋子的人留下來的，木製的書桌連細部都有著精緻的雕刻。

三木望向窗外。太陽快下山了，朱紅色的天空下，整片黑壓壓的森林綿延。三木拉上窗簾，這個窗簾也是之前住這兒的人留下來的，厚厚絲絨質地的黑色窗簾。

「說故事給我聽。」

躺在沙發上的女孩說：

「那個烏鴉幫女孩子收集眼球的童話已經聽過好多次了，我想聽別的。」

女孩所說的那篇童話，是三木之前出版的故事書《眼的記憶》。女孩覺得無聊的時候，三木總會讀給她聽。

「對了，我想聽你小時候的故事。真是個好主意。我被帶到這個地方已經好一陣子了，但我對你還是一無所知。」

女孩的嘴角揚起一抹微笑。

「先告訴我一件事，三木俊是你的本名嗎？」

三木搖搖頭。三木這個名字只是寫書用的筆名。

三木坐到沙發上，用手枕著女孩的頭，順著她的頭髮輕撫，女孩於是閉上眼睛。三木開始回想從前的事。

天。

每次三木一踏進病房，小孩總是高興地笑了開來，揮動包著紗布的手招呼他過去。

那個小孩兩個手肘以下都沒了，聽說是在鐵路旁邊玩耍時發生了意外。特快車通過的那一瞬間，小孩的雙手正好伸到鐵軌上。

「我想試試看這麼做會發生什麼事。」

小孩在病床上看著手臂上的紗布說：

「電車通過的瞬間，『碰！』地一聲我的前臂就飛出去了。」

每天，和這小孩說話都好開心。三木時常把自己被爸爸打或是被媽媽罵的事情告訴小孩，而且，還編故事說給小孩聽。

小孩總是認真地聽著三木腦中杜撰的故事。

有一天，三木和小孩正聊著天，一名急診患者被送進醫院來。他們倆等在手術室前，想看一眼這名病患究竟受了多嚴重的傷。

護士和三木的爸爸正在做手術的準備。他們兩人終於看見了躺在推床上的病患。那是一名年輕男子，看不出任何外傷，像睡著了似的。

但是，這名男子卻在手術中死了。

「因為他撞到的部位不對。」爸爸這麼對三木說。

他說病患是騎腳踏車跌倒的，沒有外傷。

「那個撞到的部位，不知道是哪裡。」沒有前臂的朋友說，「所以是不是只要避開那個部位，生物就不會死了？」

受傷時能夠潛意識地避開重要部位。不知道世界上有沒有人天生具備這種才能喔？三木問。

「唔，不曉得有沒有呢。」

那小孩想環起手臂，但是因為手肘以下已經沒有了，怎麼都擺不好。

三木開始抓蝗蟲回來獨自研究，想知道蝗蟲要受傷到多嚴重的程度才會死。比起來，剛開始實驗的蝗蟲都很快死掉。多刺牠幾根針，不消一分鐘就死了。不過，經過不斷研究和測試，似乎能夠讓蝗蟲死得愈來愈慢了。

一隻下半部全被搗爛的鍬形蟲，還活了一星期。不過要是把牠的頭部敲爛或是切下來的話，馬上就會死掉。

他解剖過青蛙，也曾經切開魚的肚子把內臟拿出來，然後再放回池塘裡，結果仍舊若無其事地在水裡游上好一會兒。青蛙甚至還拖著露出體外的長串內臟，一面用後腳踢著水前進。

他也試過哺乳類動物。先拿食物引誘常在他家附近出沒的貓，等貓敢靠近他的時候，便把貓切成兩半。他在醫院內部無人出入的倉庫裡，用菜刀把貓的身體切成前後兩部分。

貓還是活著。而且這時他發現一件事。貓就算被三木弄傷了，似乎也不會感覺到痛。

貓好像沒察覺到自己已經斷成兩半，明明沒了後半部，還是轉過頭想舔自己的後腳。傷口幾乎沒出血，貓也還有食慾，吃下去的食物就從暴露體外的胃袋流了出來。然後撐過一個星期，牠才慢慢沒了精神，最後像睡著似地死去。

他再試其他的貓。這次拖了兩個星期才死，而且是在沒有餵食物、也沒有喝水的狀態下。

他想把這個研究結果告訴醫院那個沒有前臂的好友。那個小孩已經出院了，不過就住隔壁學區，騎腳踏車只需大約三十分鐘的地方。所以出院後三木仍常去小孩家玩、一起聊天。

腳踏車停在小孩家門前，三木按了玄關的門鈴。小孩的媽媽出來應門。

「那孩子前天死了喔。」

她看上去並不怎麼悲傷。

「是從樓梯跌下來摔死的。以前那孩子就常把樓梯扶手當滑梯玩，那天應該也是打算這麼玩才會摔下來吧。一定是坐上了扶手，才想起來自己沒辦法在失去平衡的時候抓牢扶手。那孩子，老是忘記自己手肘以下已經沒了呀。」

三木第一次殺人，是在高中二年級的秋天。

那天是陰天，天氣很冷。三木漫無目的騎著腳踏車在山路逛，那是離他家不遠的一座山。

接近山頂的地方道路漸漸變寬，拉出一區停車場，裡頭連自動販賣機都有。

三木上山的時候沒看到其他車輛。他停下腳踏車眺望山腳。山邊是懸崖般的陡坡，往下看得到裸露的岩壁。路旁的護欄開了一道開口，從那兒有一道階梯通往山下。

三木欣賞了一會兒秋天的景色。天空陰陰的，放眼望去一片灰濛。照理說這個季節應該看得到楓紅的，但這裡只令人覺得缺乏生氣。

背後傳來車子的聲音，三木回過頭。一輛車駛進了停車場。走出駕駛座的是一名年輕女性，車上沒有其他人。女子身穿套裝，手上拿著地圖，她似乎覺得很冷，縮著肩膀走向三木。

「不好意思，請問到市區最近的路怎麼走？」

女子望向三木的腳踏車。

「很漂亮的腳踏車呢。不過，這種季節騎腳踏車不冷嗎？還是我自己太怕冷了？」

女子把手放到護欄上，輕輕叫了聲，「好冰！」只是試著從身後推她一把，女子便翻過護欄滾下了陡坡。三木這才張望四周，確認沒被任何人看見。

他低頭尋找女子掉落的位置。在斜坡很下方的樹影之間，看見了她的長髮，於是他走下階梯過去女子所在的地方。

從那麼高的地方滾落，女子卻還活著，只是手腳扭成很不自然的角度，眼睛和嘴巴也流出了血。她好像不知道發生了什麼事，一臉茫然地看著三木，手中的地圖掉落一旁。三木撿起地圖。

仰頭望向這片幾乎呈垂直的陡坡，岩壁上留下幾處受她撞擊後的痕跡，更遠的地方則可以看到小小的白色護欄。

他拉起倒在樹旁的女子，拖往從上方看不見的森林深處。拖行中，女子只是無力地開闔著嘴，因為粗樹枝穿透了她的胸口，已經沒辦法發出聲音了。三木將樹枝抽了出來，她的胸口於是開了個大洞。從折斷的肋骨之間，看得到消了氣而變得扁扁的肺。還有一個紅紅的、持續鼓動著的東西。

應該是不痛吧，她的表情連眉頭也沒皺一下，但她好像沒辦法移動自己的身體，因為摔落時的撞擊把她全身都撞壞了。她能夠自由牽動肌肉的，只剩下眼睛和嘴巴。

「YES」的話就眨兩次眼睛，「NO」的話就眨一次眼睛。用這樣當信號，好嗎？三木問女子。

女子對三木眨了兩次眼睛，看來她的耳朵還聽得見。

問她痛不痛。女子眨了一次眼睛，不痛。

問她會怕嗎？女子只是一臉不可思議，直盯著三木手上的地圖。

三木把地圖拿到女子面前，跟她說明往市區最近的道路，然後再問她，這樣明白了嗎？女子眨了兩次眼睛。

三木起身，跟女子說他要走了。女子的眼神看起來好像有事想問他，她似乎不曉得自己接下來該怎麼辦。三木沒理會逕自爬上階梯，跨上了他的腳踏車。女子的車還沒熄火，於是他過去打開駕駛座的門，轉動鑰匙關上引擎，然後擦了擦自己摸過的地方。

隔天他又來到山頂，女子的車還是昨天那副模樣。他走下階梯去看女子的狀況。

還活著。女子看到三木，露出鬆了一大口氣的神情。

問她還好嗎？不大好，女子眨了一次眼睛。

他看了看女子胸口被樹枝刺穿的大洞，她的心臟仍在跳動，幾乎沒有出血狀況，頂多流了一點點血。

三木發現一件匪夷所思的事。雖然還不到冬天那麼冷，不過氣溫比昨天更低了，但女子卻一點都不覺得冷的樣子。她的嘴唇和臉雖然泛白，看起來完全不像是受了寒的關係。

問她冷不冷。女子想了一下，只眨了一次眼睛。

三木從女子的口袋拿出皮夾，查明了她的姓名和住址。

之後連續三天，三木都去看她，和她說話。每次三木要離開的時候，女子的神情都似乎很孤單。第三天，女子的車消失了。

看樣子相關人士已經通報女子行蹤不明的消息，警方於是開始搜索女子的車，最後發現車子被棄置在山頂。

第四天去探望女子的時候，女子一看見三木，就不停轉動眼球。她望向下方，好像要三木看什麼東西。

他順著女子的視線，看到女子胸口的大洞。仔細一瞧，有個什麼東西躲在裡面。他很快就明白那是一條蛇，盤起身軀藏在女子折斷的肋骨中。蛇吐著紅色的舌頭，直瞪著三木。看來是女子溫暖的體溫引來了蛇，將牠長滿鱗片的身體貼著鼓動的心臟，準備進入冬眠了吧。

三木把蛇拿了出來。跟女子道別之後，拿出帶來的刀子，刺進女子胸口大洞裡的心臟。女子像睡著似地閉上眼睛，停止了呼吸。

許久之後，三木在報紙上看到女子屍體被發現的報導。聽說發現的時候已是一堆白骨，從融化的積雪中冒了出來。

為什麼自己要把女子推下山崖呢？他不曾深究過這件事，或許就跟用珠針刺進昆蟲的身體是一樣的吧。因為可以這麼做，就做了。

而且其實，他也很想看看，這麼做了之後會變怎樣。

一邊聽著三木的故事，女孩不知何時進入了夢鄉。

書房裡響起鈴聲，書桌上的電話響了。拿起話筒，是編輯打來的。

「我們非常期待老師的下一篇作品。」

這通電話聽起來不像催稿，反而比較像打來確認三木是不是還活著。本來三木寫作的速度就不快，因為寫作並不是他的本業。他只在有空的時候才寫寫童話，而且，也不會和編輯保持聯繫，大部分時候他都是沉默的。只是偶爾有原稿完成，便送過去編輯部而已。

三木的童話得獎，是他高三那年的事。得獎的作品就是他小時候說給那個沒有前臂的朋友聽的故事，他把這些故事寫成了文章。

第一部作品是烏鴉一一啣走人類眼球的故事。

第二部作品是一名醫生為了方便開刀，在患者的背上裝了拉鍊的故事。只要拉開拉鍊裡面就是內臟，所以不需層層切開就能進行手術了。但那名患者卻忘了把拉鍊拉上，於是內臟全掉了出來，最後整個人只剩一個皮囊。

三木將這些童話命名為「暗黑童話集」，作品漸漸受到某些族群的好評。

他原本沒打算成為作家的，而且他本來一直以為等到小時候說給朋友聽的那些故事寫完，就寫不出東西了。但其實，他心中源源不絕的故事從沒用盡的一天。

「下次可以約老師見面談一談嗎？」

編輯的話他充耳不聞。他幾乎不跟出版社的人碰面，也不接受採訪，不曾出席任何宴會。他只是寫童話，寄給出版社；出版社收到稿子出版，把錢匯進銀行。只是這麼回事。

聽說曾有人懷疑三木俊這個童話作家是否真的存在，他覺得這樣也沒什麼不好。

掛上電話，三木抱起躺在沙發上的女孩走出書房。女孩的身體很輕，大概只有十公斤左右。

他是在大街上結識女孩的。女孩和朋友走失了，不知道該怎麼辦，於是他把女孩帶了回家。女孩說她的名字叫做相澤瞳。

他清楚地記得那天在地下室裡將遮住女孩眼睛的布條取下時，女孩所說的話。

「那邊那些假人的手腳是怎麼回事？」

女孩偏著頭，疑惑地盯著散置在房間一隅的手腳看。終於，她發現應該連在自己肩膀和腰部的東西不見了。

「那些，是我的？」

三木用鋸子鋸下了她的手腳。雖然沒上麻醉，但是眼睛纏著布條的女孩並不覺得痛的樣子。他也沒幫女孩止血，過程中幾乎沒流什麼血，而且傷口到現在都沒癒合，仍維持剛切開時的鮮紅色。

瞳已經沒辦法穿一般的衣服了，於是三木幫她縫製合身的袋子，把她的身體放進去。他用小花和格紋的布料做了袋子，但是女孩不喜歡。

「脖子那邊刺刺的，我不要。」

最後挑了一個淡藍色布料做成的袋子，瞳的頭部剛好可以露出袋口，再用紅色領帶束好袋口。

他抱著沉睡的女孩走下樓梯。瞳的臉頰靠在他的胸口，淚水沾溼了他的衣服。瞳有時候會想起爸媽而掉淚。

地下室的入口在一樓最後面樓梯的裡側，因為門的顏色和牆壁一樣，乍看之下不容易被發現。他租下這間深山裡的別墅，就是因為中意這間地下室。

他打開電燈開關，走下樓梯。地下室四壁沒有粉刷，仍留著磚砌的模樣。室內溫度很低，呼出的氣息都成了白霧。天花板雖然很低，正常走動還不成問題。

地下室是一個很大的方正空間，但電燈卻不夠亮，使得四個角落顯得特別暗。

地下室裡有好幾座置物架，是之前住這裡的人留下來的，上面擺了一個個裝滿工具或是舊衣服的箱子。

瞳的床就在林立的置物架前方，三木把她放到床上。

「嗳……」

隔著置物架的另一側，傳來了久本真一的聲音。三木的視線離開瞳，望向置物架。透過架上箱子間的狹小縫隙可以望見另一頭，真一的眼睛便出現在縫隙裡，正凝視著三木。

這時置物架那一側傳來巨大物體移動的聲音，光線幾乎照不到那邊的空間。箱子間的狹縫處，真一的眼睛才消失，又換上另一雙眼睛從縫裡瞄向三木。那是持永幸惠的眼睛。

「大叔的樣子怪怪的，你幫他看一下。」

大叔是地下室四人當中的一位，大家都這麼叫他。本名聽說叫金田正。

三木點了點頭，幸惠的眼睛便從縫隙間消失了。只聽見她深深嘆了口氣，在置物架那一頭的黑暗中說：

「要把臉抬到這個縫隙的位置，可是件辛苦的事。」

三木幫睡著的瞳蓋上毯子。雖然他也知道這些被自己弄傷的人，其實對冷熱已經不大有感覺了。

他們不只對寒暑變化的感知變得遲鈍，即使季節變換，身體狀況也不會有什麼變化。他們不會凍死，也從飢餓和病痛中解放。被三木的手弄傷的這些人，彷彿永遠停駐在通往死亡的時光中，就這樣繼續活著。

這是一種能夠賦予生命力的力量，是一把剪斷通往死亡之途的剪刀。三木很清楚自己擁有這種特殊的能力。

黑暗深處傳出持永幸惠的歌聲，她唱著一首旋律哀傷的英文歌。她原本是英文老師，所以咬字發音非常漂亮，整個地下室繚繞著她微顫而纖細的歌聲。

這時，瞳喃喃囈語著，不曉得做了什麼噩夢。她動著唇似乎想說什麼，三木把耳朵湊過去。

雖然只是斷斷續續不成話語的夢話，隱約還是聽得懂一小部分。只聽見瞳說：

「烏鴉……」

2

烏鴉晃呀晃個不停。一個黑色翅膀的可愛卡通鑰匙圈掛在前座照後鏡上，隨著車子的行進，在我眼前不停擺盪。

「雖然可能有點唐突……」我下定決心，把心裡的疑問說了出來，「請告訴我你的名字……」

因為左眼放映的影像是無聲的，結果我一直都不曉得他的名字，耿耿於懷到現在，實在很想知道。

他滿臉訝異。

「我姓木村，請問……？」

「謝……謝謝你。」

想到自己竟然做出這麼難為情的事，我不禁雙頰發燙。不過，木村先生卻似乎很感動，一臉「原來如此」的神情。

木村將雙肘抵在吧檯上，直盯著我瞧。因為他體格高大，擺出這姿勢相當有壓迫感，他甚至像頭熊般露齒微笑，而且不知道是不是顧慮到還有其他客人，他並沒有笑出聲來，但我卻覺得滿恐怖的，只差沒當場叫出聲。

「妳為什麼想知道我的名字？」

我答不上來。

「那個……就是……以前我曾經來過這間店，那時候聽到有人提過你的名字，所以才想問問看確認一下……」

講到後來連我自己都不知所云，愈說愈小聲。

「妳說以前，是多久之前？」

「……大概兩年前。」

謊話連篇。木村環起手臂看著我，流露出我很可疑的眼神。

「不可以說謊喔。每個客人的長相，我可都記得一清二楚的。」

「我沒有說謊。」

我焦急不已，不禁脫口而出。

「那好，我問妳……」木村想了一下，「這個店裡，有一樣東西是最近才擺上去的，妳猜猜看是哪一樣。其他的東西幾乎都和兩年前一模一樣沒動過。」

這時，坐在靠窗位置的年長女性說話了：

「木村店長，這樣太過分了啦。這問題太難了，連我都答不出來嘛。」

原來她也一直在聽我們的對話，真的好丟臉。

「哎呀，京子小姐妳也聽到了？」木村轉過頭看她。

那位叫做京子的女性闔上書，以略帶責備的眼光望著木村。

「妳這麼說也是啦，這問題的確是有點……」

我環顧店內。

「我知道了。」

說完我指著牆上的一幅畫。那是一幅湖水的畫，一池在黝黑的森林裡閃耀著光芒的湖。我記得左眼的記憶裡應該沒有這幅畫，所以一定是最近才掛上去的。只要查閱活頁本，關於店內的裝潢全都詳細記錄在上面，不過根本沒有翻開的必要。

木村驚訝不已，雙眼瞪得又圓又大，我知道我答對了。

店後方陰暗角落裡的男人站了起身。剛才一直在暗處沒注意到，原來這個男人的五官非常俊美，頭髮很長，戴著眼鏡，一身黑色的大衣，無聲走過我的身旁。他的步伐輕盈，甚至聽不到走路的聲音。看樣子要買單了。

「真是不簡單哇。」

木村搔著頭看了我一眼，便過去收銀機前，接過男人手上的錢，找錢給他。

男人踏出店門的時候，好像朝我這邊看了一下。顯然他也聽到了我和店長的對話。

「那幅畫就是那個人畫的。」店長說，「他是畫家，叫做潮崎。聽過嗎？」

我搖搖頭。

「這樣啊，妳記憶中沒這號人物呀。」

「記憶中沒這號人物」這種說法用在我身上，真是再適合不過。

「搞不懂他為什麼搬到這種偏僻的地方來。說到這，妳又為什麼會到這裡來？」

我思索著該怎麼回答。乾脆說實話吧，因為有一名少女被綁架了。或許我應該尋求他的協助。

但是，他會相信我嗎？我沒有把握。如果我告訴他，我因為移植左眼球的關係，結果看到了眼球捐贈者曾經看過的影像，他不會覺得我在瞎扯嗎？把女孩被軟禁的事情告訴他，他不會取笑我嗎？

「我是來找人的。」我說了。

這麼說並沒有錯，我本來就是來找砂織和相澤瞳、還有凶手的。

「對了，請問你們店裡有沒有一位女服務生？」

木村帶著笑意說：

「原來妳也是衝著砂織來的呀？」

我心頭一緊。這是我第一次從別人的口中聽到這個名字。

「衝著她來？」

「砂織有一個死忠仰慕者喔，就是載妳來的那個傻蛋，那傢伙是為了看砂織才三天兩頭跑我們店裡。跟他說砂織今天感冒請假，轉頭就回去了。這小子，也不點個什麼東西再走。」木村罵人倒是不留情。

聽到砂織今天不在，我一方面覺得失望，一方面卻也鬆了口氣。要是砂織突然出現眼前，我一定會不知所措。我還沒做好心理準備。

但是我已經確定她就如同左眼看到的一樣，至今仍在「憂鬱森林」上班。和彌過世之後，她並沒有辭去這裡的工作。

店裡柔和的音樂流洩，輕柔到幾乎聽不見。我聽著音樂，啜著咖啡歐蕾，一邊心想，和彌從前品嚐的應該也是同樣這個味道吧。

我輕撫吧檯。這是和彌從前坐過的位置、觸摸過的椅子。

我或站或蹲，透過左眼見過的構圖環視整個店內。木村和京子一臉不可思議地看著我的舉動，我想，還是乖一點好了。於是回座位坐好，故作鎮定地小口喝著咖啡歐蕾。

就在這時候，店後方走出一名女子。

「店長，我倒垃圾回來了。」

女子把長髮紮到腦後，雙手在穿著毛衣的身前撣了撣。可能是剛剛一直待在外面的關係吧，她的臉頰、還有鼻子都紅紅的。

「剛才是騙那傢伙的。」木村對我說。

女子走進吧檯，抓起面紙就開始擤鼻子。後來發現我在看她，她像是讓人見笑了似地一臉害臊。

「不好意思，我生來鼻子就不好……」

這麼說她並不是患花粉症了。這是我第一次聽到她的聲音，和我想像中一樣帶著鼻音，卻是很適合她、很好聽的聲音。

「冬月砂織……小姐。」

她歪著頭，一臉不可思議，似乎在問，「妳怎麼知道我的名字？」

「初次見面，我……」我停不下來，不知不覺脫口繼續說，「我是……和彌的朋友。」

砂織和木村倒抽了一口氣。

雖然事實上，並不是初次見面，我連很久以前的妳都見過了，我們就像從小就一直在一起。雖然我極力維持表面的鎮定，但我的內心都快哭了。

3

「到我家來吧。」

砂織聽說我今晚沒地方住，便邀我過去。雖然我身上的錢還夠負擔住宿費，但楓町好像沒有像樣的旅館。所以雖然很過意不去，我還是接受了砂織的建議。一方面其實我也多少有點期待，很高興能夠親眼看看他們家。

「可以等我到店打烊嗎？」砂織對我說。她似乎忙到一個段落了。

我點點頭。

能夠這樣親眼看到她走動著說著話，我還是覺得像做夢一樣，只顧盯著她看。分隔兩地的親人重逢一定就是這種感覺吧。對幾乎沒有過往記憶的我來說，左眼球記住的她的身影，反而一直是我最親近的存在。

不過對砂織來說，我只是個突然冒出來的人，我卻總是忘了這一點。

京子結完帳走出店門後，木村說：

「妳今天先下班吧，應該不會有客人上門了。先帶她回去，難得和彌的朋友來……」

他的語氣裡盡是對砂織的擔心。和彌過世這件事，顯然對這個世界留下很深的影響。

我和砂織走出咖啡店。雖然這是我第一次在現實中和她並肩走路裡，左眼的記憶卻已看過無數次相同的情景。我一直將這情景記在心裡。

外頭很冷，一走出店門，身子的溫度瞬間降了下來。剛才在店裡暖烘烘的臉頰，緊繃得像要裂開來。太陽已經下山，燈光打在咖啡店的外牆和招牌上，整間店像是從一片漆黑中剪取下來似地浮在眼前。兩旁杉樹夾道的馬路，靜謐而黑暗。

「等下我們要去的，其實是我舅舅家。」砂織一邊吸著鼻子說。

「我聽和彌說了。」

他們倆在雙親過世後，便搬到附近的舅舅家住。我在左眼的影像裡看過。

「現在只剩我和舅舅兩個人住。」

「那舅媽……？」

「她在和彌出車禍前沒多久，因為傷風過世了。」

這是我不曾在左眼看到的資訊，原來其實還有很多事情是我所不知道的。我在左眼看到的影像，不過是和彌人生的些許片斷。

四下非常安靜，幾乎沒有住家。砂織說從咖啡店到舅舅家，步行大約十五分鐘。我冷得直打哆嗦。道路兩旁種了非常多的樹，一路上或見廢棄的車輛堆疊成一個巨大的生鏽鐵塊，或是無人居住的空屋充斥黑暗中。

傳來鳥類振翅的聲音，雖然很暗看不大清楚，遠處針葉樹的頂端似乎停了一隻烏鴉。

我想起剛才在咖啡店「憂鬱森林」裡出聲跟砂織打招呼時，她應我的第一句話。

「和彌不在喔。」她只是這麼說。

一時之間，這句話給我一種很不可思議的感覺，簡直就像她弟只是離席外出一下而已。她的聲音裡聽不出沉痛的悲傷，彷彿只是在對我說明事情。

「我知道他出了車禍。」

「是嗎……」她垂下了眼。

「可以告訴我和彌過世時的詳細情形嗎？」

於是我得知和彌的死亡事故後續是如何處理的。

兩個月前，和彌在馬路上被車撞到。雖然肇事駕駛叫了救護車，但是在救護車到達之前和彌就已經沒了氣息，砂織趕到醫院看到的是和彌的遺體。我光是想像那個畫面，都覺得心好痛。因為父母過世之後，和彌就是她唯一的親人了。

問了確切的日期，車禍就發生在我接受眼球移植手術之前沒多久。車禍現場在距離這裡開車大約十分鐘的山路上。

而綁架相澤瞳的凶手的藍色洋房，應該就在離車禍現場不遠的地方。若說有誰必須為和彌的死負責，當然就是那名凶手。

我想立刻前往車禍現場揪出凶手。才經過兩個月，相澤瞳應該還活著。她約在一年前被綁架，這是從舊報紙上得知的；而根據車禍發生的日期，和彌大約在兩個月前看到她。若綁架之後長達十個月的時間，凶手都沒奪走相澤瞳的性命，那麼應該可以大膽假設，她至今仍然活著。

只不過我靜下心一想，要救出相澤瞳，只要先找到那棟屋子，取得證據之後再通知警方就可以了。

和砂織走在回家的路上，我決定明天便採取具體行動找出凶手。其實我是害怕的，我很不安，我自己一個人真的辦得到嗎？

一邊在心裡盤算這些事情，舅舅家到了。

左眼曾經出現砂織與和彌被舅舅收留那天的畫面，玄關前的門牌寫著「石野」，那是舅舅的姓氏。

畫面中，和彌的視線很低，應該還是小孩子吧，砂織牽著他的手走進屋裡。左眼的影像傳達了他內心的不安與寂寞，和彌緊緊抓著砂織的手，張望著陌生的四壁與擺設。

姊姊看著我……也就是和彌的眼睛露出微笑。不用擔心，一切都會沒事的。但砂織也只是個小孩，心裡一定也不安極了，即使如此還是努力帶給我勇氣。

姊弟倆開始了在石野家的生活。舅舅是個不關心小孩的人，我曾經在左眼裡看過他開卡車的畫面，我想他的職業應該是卡車駕駛。不過，舅舅對砂織與和彌笑著說話的畫面，從來不曾出現在和彌的眼球記憶中，平常照顧兩姊弟的都是舅媽。

「舅舅家到了，和彌就是住這裡喔。」

砂織說完便先一步進屋去幫我跟舅舅打聲招呼。

我在玄關等候，卻一點也不覺無聊。

我走回門外，眺望著整間屋子，內心激動不已。信箱，小小的門，很一般的民宅。

我已經不大記得在醫院醒來之後，第一次回到自己家的事情了，不過那時的我應該是什麼感覺也沒有吧。但是，站在和彌的家門口，強烈的懷念感卻幾乎令我窒息。明明是第一次來這裡，卻像很久之前就來過了似的。

玄關前也有許多回憶，都是透過眼球經歷的事。

和彌曾經走過這裡，搖搖晃晃地背著書包出門上學。上高中時，放學跑去打電動打到很晚才回家，在玄關被砂織罵了一頓。

「菜深，進來吧！」砂織站在玄關說。

記憶裡手叉著腰責備弟弟的砂織，和現實中對我招手的砂織重疊在一起。

「有什麼開心的事嗎？」

砂織一臉狐疑地問我。

原本以為進到別人家裡我會很緊張，沒想到完全沒那回事，我的心情就像回到熟悉的地方似地舒暢。我走上小小的玄關，穿過走廊，看到一個有點陡的樓梯，我知道和彌的房間就在這上頭。

客廳是和式的，約四坪大，暖桌擺在中央，雜誌、橘子和電視遙控器等散置桌面和四周。

一位穿著運動居家服、滿頭白髮的男子，看到我便點了點頭致意。是舅舅。

「晚安。」

他的嗓音比我想像的高，年紀大約六十歲上下。親眼見到他之前，我的印象中一直覺得他是個令人畏懼的人。因為在和彌的記憶裡，舅舅總是大聲地斥責舅媽。

不過眼前低著頭的他，身形比想像中矮小，頭髮蒼白，臉上掛著虛弱的笑容。

我在左眼記憶看到的，或許是幾年前的他吧。現在的舅舅和我記憶中不大一樣，除了老之外，還少了一股霸氣，整個人沒什麼精神。

聽說舅舅還沒退休，家裡的事由砂織負責打理，每天照顧他的三餐。

「家裡亂糟糟的，讓妳看笑話了。菜深小姐，還沒吃過晚飯吧？」

砂織讓我在客廳的暖桌坐下。

平常我不管做什麼事情，不知為什麼總是很難放得開，總是擔心自己的存在是不是造成周遭人的困擾，搞不好是因為我一直覺得自己比不上「菜深」的關係吧。

但是在這個家裡面，這種情緒卻很微弱。無意間看到的櫃子也好、小盒子也好，我都有一股大刺刺地想要伸手出去打開來看的衝動。

在砂織的盛情之下，今天的晚餐也一併打攪了。在她準備晚餐的時候，我和舅舅聊了起來。

「妳是來給和彌上香的嗎？」舅舅問。

「是的。不好意思過了這麼久才來……」

早在決定前來楓町的時候，我就打算這麼做了。

「可以讓砂織帶妳過去。」

廚房傳來砂織準備餐具的聲音。廚房和客廳之間，只隔著一扇拉門。

「唔……我常聽和彌提起舅舅和姊姊的事情。」

「是嗎……和彌倒是沒告訴我們，有一個像妳這樣的朋友。」

「那是因為……」

我語塞了。

「謝謝妳來這一趟。」舅舅低下頭說。

很不可思議的感覺，因為左眼的記憶中，舅舅幾乎不曾對和彌笑過，但是，聽在耳裡他這句話確是由衷的。

想都沒想過，自己居然可以和砂織、舅舅坐在一起吃飯。一邊接過飯碗，我不知該感激還是困惑。

他們兩位心裡不知道作何感想，會不會覺得我的突然出現很沒禮貌呢？

但是，兩人的舉止並沒有任何不悅，用餐中他們幾乎沒有交談，彷彿不曾意識到對方的存在。雖然圍著餐桌的是三個人，卻像自己獨自一人用著餐。

記憶中的餐桌，感覺是更開朗、活潑的才對。不過或許是因為那時舅媽還健在，四個人一起吃飯，才會顯得那麼熱鬧吧。

而現在的這兩個人，總發散出一股疲憊、憔悴的氛圍。我因為緊張而食不知味，但看著默默吃飯的兩人，我心裡難過極了。

令人窒息的沉默中，我決定出聲詢問和彌是怎麼樣的人。

「他膽子小又怕麻煩，既不會念書，運動也不行……真的是個一無可取的弟弟。」砂織說。

和彌高中畢業後，好不容易考上一所大學，不過他似乎念得很辛苦，中途就退學了。車禍之前一整年的時間，他只是在鎮上無所事事度日。

「不過……他是個很溫柔的孩子。」

我點了點頭，但其實我發現自己並不是那麼了解和彌。因為在左眼的影像裡，總是和彌自己的視線。我只有在運氣好剛好遇上鏡子或玻璃反射的時候，才看得見和彌的臉。不過單是透過記憶的片斷，我曉得他並不是優等生，也曉得他並不是朋友圈裡的中心人物。隱約地，我一直感覺得出來和彌跟還有記憶時候的我——也就是「菜深」——是完全個性相反的孩子。

再者，從一個人的視線習慣流連在哪些景物上，我想應該能夠大略抓出這個人的形象與個性。好比即使是相同的風景，若由不同的人拿相機來拍，拍出來的照片也會各有各的個性吧。

而和彌的視線，總是流連在什麼事物上頭呢？一時間，我竟答不上來。

我在洗手間裡，順便洗了把臉，然後看著鏡中的自己。原本應該躺在棺材裡的和彌的眼球，現在又回到了家裡。不知道他會不會覺得一切都很懷念？洗手臺旁放著和彌的牙刷，這兩個月來應該一直擺在那裡吧。當然這種枝微末節的事並不會出現在左眼的記憶裡，但不知怎的我卻直覺曉得那是和彌的東西。

回到客廳，兩人以不可思議的眼神看著我。

「妳居然找得到廁所。以前來我們家玩的人，大家都搞不清楚在哪裡呢。」

這天晚上我睡客房。砂織從壁櫥拿出棉被，幫我鋪好了床。就寢前，我很想做一件事，卻煩惱著不知怎麼開口。砂織察覺到了，便問我說：

「怎麼了？」

因為她一句話，我終於決定跟她提提看。

「我想看一下和彌的房間。」

砂織先是愣了一下，接著露出微笑。

和彌房間裡所有的佈置，仍和左眼裡見過的一模一樣。

「我還是會進來打掃。」砂織對張望四下的我說，「雖然我也知道這麼做是多餘，不過連棉被我都還會拿出去晒。」

房裡有一幅很大的拼圖，是一張小孩抱著小羊玩偶坐在摩托車上的照片。看著拼圖，我的左眼突然熱了起來，記憶的盒子開啟了，和彌見過的景物再次甦醒……

「那時唯獨一塊拼圖片怎麼都找不到，急成一團……」我不覺脫口而出。

砂織點點頭接口說：

「後來在吸塵器裡找到了，都是因為我自作主張打掃他的房間。」

原來如此，所以他們才會吵架。終於解開了一個謎。左眼裡的我正和稚氣未脫的砂織吵著架，因為聽不見聲音，只知道我們為了某件事爭執不下。

砂織拿起房裡的面紙擤了擤鼻子，落寞地說：

「他真的什麼事都跟妳說呢。」

拼圖的記憶結束之後，左眼又開始播映其他的影像。記憶一件接著一件甦醒，完全不受我的控制。書桌也是、書本也是，都成了開啟記憶盒子的鑰匙，帶出一段又一段的影像。過往的喜怒哀樂，全部在我心中蔓延開來。

這些影像都不似閃光般稍縱即逝，而是與現實的時間以等速上映著。於是，我同時看著過去與現在的景象。左眼裡年幼的砂織微笑著，右眼看到的砂織卻是一臉失落。

砂織坐到和彌的床上。

「我弟弟過世的消息，是誰通知妳的？」

我不知道怎麼回答。應該說誰呢？正當我思索著什麼說法比較自然的時候，砂織又問了下一個問題。

「警方說，那孩子……會不會其實是自殺呢。」

我不敢相信自己的耳朵。我一直以為警方應該是將整個事故當作交通意外處理掉了，沒想到竟然會朝這個方向猜測。

「因為撞到和彌的駕駛說，那孩子是突然衝到馬路上的。而且，在意外發生前一陣子，和彌就不大對勁了。老是看他抱著頭不曉得在煩惱什麼，好像很難受的樣子。」砂織以近乎懇求的眼神望著我，「所以我在想，妳可能會知道和彌的煩惱……」

我的胸口一緊。我猜想得到和彌的煩惱，因為他知道了被綁架女孩的下落。和彌的眼球裡關於相澤瞳的記憶，想要逃離卻撞上了車的影像。想必和彌早在事故那天之前，就已經發現少女被軟禁在藍磚屋裡，而獨自煩惱著。相澤瞳的事情他沒有告訴任何人。我在猜想，可能是因為他和現在的我一樣，想先取得確鑿的證據之後再報警處理。也因為這樣，身旁的人才會感覺他不大對勁。

「和彌不是自殺的。」

我斬釘截鐵地對砂織說。

砂織盯著我的雙眼。只有那麼一瞬間，她眼中閃過一抹詫異，旋即恢復到平常的神色。

她深深吐了一口氣。

「也對，他沒有理由自殺吧。」她垂下了眼，喃喃地說，「我……不知道為什麼，和彌死的時候我沒哭。即使到了現在，我都還不覺得悲傷。身旁的大家都哭了，卻只有我這個做姊姊的好像沒事一樣。為什麼呢？」

砂織不知道什麼時候抓了一樣東西在手上把玩。仔細一看，是和彌最寶貝的手表。那只表是金色的，表帶已經壞了。

發現我盯著表看，砂織說：

「這是和彌成人式那天我送給他的。」

我不知道這段往事，只知道和彌很寶貝這只表。表帶都壞了，他還是放在口袋裡隨身攜帶。

「這只表在車禍的時候撞壞了，指針就停在和彌過世的時間。」砂織把手表遞到我面前，「妳帶著吧？」

我搖搖頭。

「我希望砂織妳留著它。」

和彌一定是這麼希望的，因為我也是這麼想。更何況，我已經擁有一件和彌非常珍貴的遺物了。

砂織站了起身說：

「明天，我們去和彌的墳前上香吧。」

我點點頭。我很想去。

我們倆出了房間，一邊走下樓，砂織對我說：

「剛才我一直看著妳的眼睛，嚇了一大跳。妳的眼睛跟和彌簡直一模一樣……」

和彌和父母葬在一起。墓園位在近郊，從舅舅家步行約一小時腳程的地方。

「如果想開車去，我可以找有駕照的朋友幫忙。」

砂織沒有駕照，我跟她說我想走路過去。

這座山的視野很好，山麓林立著無數的墓碑，但數量實在太多，我完全無法分辨哪一座是和彌的墓。

規劃得很整齊的墓園，墓碑之間鋪著細石子路。砂織毫不猶豫地走進其中一條，即使沿路沒有任何標示，她心裡卻很清楚位置所在。我緊跟在她身後。

冬月家的墓位在墓園最外緣。砂織開始打掃環境，將落葉清乾淨。

我們雙手合十，在墓前閉上雙眼。

我對和彌表達了由衷的感謝，謝謝你給了我一隻眼睛。

他眼中的記憶不知帶給我多大的救贖。對一無所有的我而言，這些記憶幾乎等於我的全部。

我回想起兩人的爸媽死亡的那一刻，那個我在家居生活賣場看到的悲哀記憶。

「我爸媽運氣很差，」掃完墓回程途中，砂織邊擤著鼻子說，「卡車車臺上固定粗樹幹的繩索，剛好就在那個時候斷掉。」

我們打算回咖啡店「憂鬱森林」去。途中越過那條貫穿鎮中心的國道，還經過好幾個和彌記憶中出現過的地方。

「聽說和彌不巧剛好看到爸媽發生事故的那一瞬間，是嗎……」

砂織停下了腳步，詫異地看著我。

「這也是和彌跟妳說的？」

我沒想到她會這麼驚訝，點了點頭。

「當時在場的人是這麼說的沒錯，可是，和彌那孩子卻不記得了。他一直堅稱自己沒有看到爸爸媽媽出事的當時。我想可能是因為刺激太大，他為了保護自己只好忘了這件事吧。」

我完全理解砂織所說的，因為我也是這樣。

不過看來即使大腦已經忘記，曾經深深映在視網膜的影像卻不會消失。

「……爸媽這場意外的禍首，好像是那一季剛去製材廠報到的一個孩子。」

「孩子……？」

「那天是讓一個高中剛畢業的男孩子負責綁繩索，但是聽說繩索沒綁好……」

砂織似乎並不恨那個人，反而覺得真正可憐的是那個男孩子。

從墓園步行前往「憂鬱森林」，果然得花上將近一個鐘頭的時間。

明明是初次造訪，街景卻如此熟悉。文具店或是米店的店頭，都跟和彌的記憶一模一樣。

我們經過一家雜貨店，店裡很暗，不曉得還有沒有營業。貨架上仍陳列著一些零食，看來是還沒倒，不過零食袋上卻積了薄薄的灰塵。

「要不要進去？以前我跟和彌常在這兒買東西。」

進到店裡，一個老婆婆走了出來，她好像一直在後面的房裡看電視。

「婆婆，妳都沒變耶。」

砂織一臉滿足地笑了開來，那神情像隻貓似的。

老婆婆跟和彌在少年時代見過的一模一樣。

我們邊走邊舔著在雜貨店買的棒棒糖。

砂織顫著肩、擤了擤鼻子，擤過的面紙則是隨手一丟。

「垃圾這樣亂丟沒關係嗎？」

「反正終究會變成土的。」

砂織莫名其妙的一句話就想打發我，但我想她應該只是懶得帶回去丟吧。

枯草之間成列的電線桿延伸至遠方。砂織偶爾會對擦身而過的人點頭打招呼，而他們都對我投以「這是誰啊？」的視線。

在我的感覺裡，一直覺得自己已經在這個鎮上住了許久，因為全是如此熟悉的景物。因此看到人們那樣的表情提醒了我，對這個鎮來說，自己其實是一名訪客。

訪客。這個詞讓我好沉重，因為我其實一直覺得自己只是陰錯陽差來到這個世界的旅人。我應該是「菜深」，但我又覺得自己不是「菜深」，那麼，「我」究竟是什麼？是從哪兒來的？有時候我自己也忍不住思考起這些事情。

因為某種偶然，我來到了這個世界，來到這個叫做楓町的地方。我是訪客。

天空陰陰的，陽光顯得很薄弱。時間還早，四下卻一片昏暗，好像快下雪了。

整個鎮很安靜，道路乾乾的，籠罩著寒冷的空氣。微弱的風穿過鐵絲網空隙，把乾枯的樹枝吹得沙沙作響。路上行人寥寥可數，人們的臉上鮮有笑容。

一片蕭條，毫無朝氣，彷彿緩緩步向死亡。這是一個灰色的、逐漸消失的城鎮。

還剩五分鐘路程就到「憂鬱森林」的時候，砂織停下腳步。

「我帶妳繞一下吧。」

我們彎進一旁的小路，往山上的方向走去。那是一個緩坡，走著走著，漸漸地俯視便能望見鎮的風貌。山路的一側是杉樹林，另一側則是護欄，護欄再過去又是另一片樹林。濃郁的樹木氣味，抬頭只見筆直的杉木高聳入灰色的天空。

走了一陣子，砂織停下腳步，靜靜望著柏油路面不發一語。

我知道，這裡就是和彌生命結束的地點。

砂織面無表情，一路上我推敲不出她的眼瞳望著什麼。我想起她說看到和彌的遺體也哭不出來，所有人都很悲傷，只有自己沒流淚……

看在我的眼裡，她的心像是一個巨大的洞，一切的一切都消失了，只剩深不見底的黑暗。砂織一定還沒走出失去弟弟的打擊。

砂織看起來好虛弱，彷彿就將消失不見。我緊緊握住砂織的手，她驚訝地望著我。

不知道為什麼覺得好悲傷。是因為和彌的死，還是因為砂織？我的心好痛好痛。

我往山上的方向望去。爬上這道斜坡，應該就看得到那棟藍磚屋了。左眼的記憶裡是這樣沒錯。

我們倆什麼話也沒說，只是靜靜地陪在彼此身旁。杉樹林散發的濃郁氣息，悄悄地籠罩著和彌喪生的地點。

推開咖啡店的門，鈴聲響徹店裡。店內暖房的溫暖空氣讓心安定了不少。

「一下子從那麼冷的地方進到暖和的地方，鼻水都融化了。」

砂織一邊向店長木村點頭打招呼，一邊對我說。

「鼻水會融化嗎？」

「就是會變水水的一直流出來嘛。」砂織說完又擤了一下鼻子。

果然回到店裡，還是會乖乖地把面紙團丟進垃圾桶裡。

昨天讓我搭便車來的男子坐在吧檯前。本來他低頭趴在吧檯上以口就杯喝著飲料，一看到砂織進來立刻坐直了身子。

「砂織小姐！」男子滿面笑容地揮了揮手。

「哎呀，你來了呀。」砂織回了招呼。

後來他們告訴我男子叫住田，聽說是和彌的朋友。

和彌生前和他只相處了一年的時間，所以左眼的影像中很少出現他。是到很後來，我才看到他跟和彌玩在一起的畫面。

住田去年才剛認識和彌。當時和彌醉倒在車站前的居酒屋裡，住田攙著和彌回到砂織工作的這家咖啡店。那天在居酒屋好像是和彌和住田的初次碰面，兩人馬上成了意氣相投的好朋友。

後來，即使和彌已經過世，他仍持續到咖啡店來。

「你不去上課沒關係嗎？」砂織問住田。

「沒關係啦，學校今天放假。」他脹紅了臉說。

我在一旁望著他，真是個容易看穿的人。

「昨天真的很謝謝你。」我也跟他打了招呼。

聽說他是和彌的朋友，一股親切感突地湧現。

「我剛才聽店長提到妳的事情。」他友善地對我笑了笑。

我坐到座位區去，遠遠望著隔著吧檯聊天的住田和砂織。長得像熊一樣的店長木村送來熱牛奶，喝下去身子暖和多了。跟住田聊著天的砂織，神情和剛才走在路上時截然不同，彷彿完全忘卻弟弟的事，語氣開朗地和住田話家常。雖然心情有點複雜，我想或許這樣也好。

店裡不見昨天坐在暗處的男人潮崎，不過名叫京子的老太太正坐在老位置上。彼此眼神交會時，她微笑著對我招了招手。

「聽說妳是砂織弟弟的女朋友呀？」

「什麼？」

「木村店長說的呀。」

難怪，原來大家都是這麼以為的。

「我明明只說我是和彌的朋友……」

我無法正視她，因為我知道自己臉都紅了，真不想被人看到。

「我才剛搬來這裡，開始在這家咖啡店出沒也只有幾個月時間，所以沒什麼機會跟和彌說到話。」京子說。

我努力回想京子是否曾經出現在左眼記憶裡。和彌生前遇過的人數非常龐大，我無法一一記得每個人的長相。能夠立刻回想起來的，只有像舅舅或是店長這種身邊親近的人而已。

「真的好可憐，妳要打起精神喔。我以前也有個跟妳差不多年紀的孩子呢。」

京子緊緊握住我的手。她的手布滿了皺紋，手指硬邦邦的。

我慢慢喝完了熱牛奶，打算結帳出去外頭。

「不用啦，請妳喝的。」

木村說。

「菜深，妳要去哪裡？」

「我去附近散散步就回來。」

「不要迷路了喔。」

看砂織那麼擔心的模樣，我笑著對她點點頭。她說我可以在舅舅家繼續住，要住多久都可以。

步出咖啡店，原本在暖房裡暖烘烘的身體一點一點地冷卻。

我的目的地是剛才砂織帶我去的和彌出事地點。

一路上我想著和彌的事。他曾經在廣大的小學校園裡一個人獨自哭泣，映在他眼中的美麗天空與植物的景象在我腦海甦醒。

我很喜歡和彌。他眼中見過的所有光景，點滴豐富了我的心。一個人的一生，究竟能夠在視網膜映上多少的事物呢。

我非找出凶手不可。然後我要讓他明白一件事：被凶手奪走的人生裡，原本存在了多麼珍貴的東西。

和彌噤氣的地點，氣溫感覺起來比別的地方要低許多。陰鬱的天空下，道路兩旁的杉樹為地面蒙上一層淡淡的陰影，不時聽見樹林深處傳來鳥兒振翅的聲音。

我不由得開始顫抖。兩個月前，和彌在這處柏油路面倒下，而在他死去的那一瞬間，我看見了。緊追在後的凶手就躲在樹蔭裡，遠遠望著被車子撞到的和彌逐漸沒了呼吸。

雖然很害怕，我還是努力鼓起勇氣，從車禍現場的柏油路面轉向路旁的斜坡，一腳踏進了長滿杉樹的林子裡。我往山上走去，整個坡面覆蓋著杉樹的枯葉，踩上去很軟。在和彌的記憶裡，當初他是滾下斜坡後，飛出去掉到馬路上。我決定朝他滾下來的反方向前進。

我抬頭往上看，卻不見那棟藍磚屋。眼前只有無數的杉樹遮蔽視線，彷彿接連成排的高聳柱子，我只能穿梭其間。

原以為像這樣爬著坡身體會逐漸暖和，刺骨的寒冷能因此緩和，然而事實並非如此。每跨出一步，體溫就被冰冷的空氣奪走一些，杉樹林彷彿無聲無息地吸去我的體溫。

我將戴著手套的雙手插進棒球外套口袋裡。口袋裡還有一臺即可拍相機，我打算用這臺相機將證據拍下來交給警方。不知道和彌看到的那個地下室窗戶裡，還看不看得到相澤瞳的身影。

就在這時，我發現了一件難以置信的事。

我一直以為只要從車禍現場筆直地往山頂方向走，就能夠抵達凶手居住的藍磚屋，但是，現在在我眼前的，卻是一道高達三公尺的水泥牆。牆的上方看得見馬路護欄，似乎是另一條道路。我張望了一下左右，這面牆一直延伸到遠方。

我的腦中一片混亂。我努力回想和彌的記憶：和彌先是衝進屋旁的樹林，穿梭樹林之間不慎跌倒滾下斜坡，最後掉到馬路上。他在途中曾經先橫越一條馬路，翻過護欄，再跳下水泥牆嗎？我很肯定和彌的記憶裡並沒有出現這樣的畫面。

那這裡究竟是哪裡？不知該何去何從的我，只好沿著水泥牆走，看能不能找出通往上面那條馬路的途徑。

不應該是這樣的。我的心中滿是挫折感。那棟屋子消失了，出現的竟是一道水泥牆。我完全無法冷靜下來思考前因後果。

終於，走了大約十分鐘，水泥牆的高度愈來愈低，愈來愈接近上方的馬路。這條馬路彎彎曲曲地穿過杉樹林，看來只要沿著和彌事故現場的柏油路一直往前走，就能銜接到牆上方的馬路。

水泥牆只剩及腰的高度，我縱身一躍跳上牆，鑽過護欄來到上方的馬路。

我沒找到凶手的屋子。隨著時間一點一點地流逝，我察覺到這是一個多麼致命的失誤。再這樣下去，是找不到相澤瞳的。

要找出那棟屋子，除了從和彌的車禍現場沿著他當初的來時路逆向往回走，我想不出其他的辦法。照理來說，這麼做應該很自然就會到達那棟屋子的。

但事實上卻行不通。我毫無頭緒，總之先沿著坡道往鎮的方向走去。

我打算多繞些路找找看，搞不好碰巧就讓我撞見那棟藍磚屋。

結果那天我一直在鎮上晃蕩到傍晚。路旁老舊壞掉的自動販賣機等等，好幾個景物都讓我的左眼發熱，一一喚醒和彌在少年時代看過的景象。然而，對於凶手所在屋子的資訊，我仍然一無所知。為什麼現實狀況跟和彌的記憶會有出入呢？我百思不得其解。

唯獨有件事停留在我腦海揮之不去。我在超市零食區裡聽到幾個小學生談論一個傳聞，那是一件很不可思議的事。

「是真的啦，我表弟很久以前看到的！」

那個小學生手裡緊緊抓著零食袋子，很認真地對朋友說。我在一旁觀望，他的朋友都一臉半信半疑的表情。

當時我正決定不下要買哪一種巧克力，因為那孩子聲音太宏亮了，想不聽到也難。

「我表弟說那隻狗的下半身都被車子撞爛了，還一直活得好好的！」

「少騙人了，怎麼可能有這種事。」其中一個孩子說。

「可是我表弟說他真的看到了啊。他說那隻狗看上去一點也不痛苦，只靠兩隻前腳趴在地上往前爬。一邊爬，肚裡的東西還一邊掉到馬路上。明明就只剩頭和心臟，還活了將近兩個鐘頭，後來是被衝過來的摩托車撞到心臟才死掉的……」

4

聽見走廊上的腳步聲，我醒了過來。從石野家客房的被褥爬出來，鋪著榻榻米的房裡空空蕩蕩，只有被褥和我帶來的背包。

我揉著眼睛走進客廳，舅舅已經起床了。

「舅舅，早安……」

話說了出口，自己都覺得不好意思。我好像把他當自己親人了。

舅舅嚇了一跳，有那麼一瞬間皺起了臉，彷彿被香菸薰到眼睛似的。

「妳穿那件衣服，我還以為和彌回來了。」舅舅指了指我身上的睡衣。

睡衣是砂織幫我準備的，和彌國一那陣子都穿這件。

我吃著砂織做的早餐，舅舅正打算出門去上班。

舅舅的工作是到山上將砍伐下來的杉樹搬上卡車，再運到製材廠。每天早上他都換上一件又舊又垮的工作服，開一臺輕自動車〔註〕往來事務所。

舅舅正要上車時，我叫住他。

「我想請您幫忙看一樣東西。」

我拿出相澤瞳的照片給他看，那是我從圖書館的舊報紙上偷剪下來的。

「您曾經在這一帶見過這個女孩子嗎？」

「妳在找人？」舅舅從照片上抬起來頭看著我。

「算是吧。」

「沒看過呢。」他搔了搔一頭白髮，搖搖頭。

我也把照片拿給砂織看。她讓客廳的電視一直開著，人在廚房收拾餐桌。她也說沒看過相澤瞳。

「妳今天打算做些什麼？」砂織問。

「我可能會去和彌跟我提過的地方逛一逛。」

「妳不用客氣，就放心住這裡。總覺得妳跟自家人一樣，好像和彌還在似的，你們連走路跟吃飯的樣子都很像呢。」

「砂織，妳今天咖啡店也有班嗎？」

她扭開水龍頭，點了點頭。

「和彌過世之後，我每天不是家裡就是咖啡店，其他的事情什麼都沒做。有時候一星期會出去一趟外送咖啡豆，不過都沒離開這個鎮就是了。」

砂織不覺停下了手，呆望著水龍頭流出的自來水。客廳電視正在播放晨間節目，到了占卜單元，砂織忽地關上水龍頭，衝過去電視機前面。

「啊啊可惡，處女座今天的運勢居然是最後一名。」她一邊擤著鼻子說。

砂織出門前，把家裡的備鑰交給我。

「妳這麼相信陌生人沒關係嗎？」

接過鑰匙的時候我問她。

「妳要是偷了東西，我可饒不了妳。」

真是讓人哭笑不得。送她出門後，我坐到暖桌前，思考昨天為什麼從車禍現場無法走到凶手的屋子。

我決定重新回想一遍在圖書館看到的左眼影像，那段因為相澤瞳的照片而開啟、直到和彌被車撞上為止的影像。看過那段記憶之後，已經過了將近十天，我從背包拿出活頁本，開始讀關於那段記憶的筆記。

影像中，和彌先是盯著接近地面的地下室窗戶看，從那兒可以望見相澤瞳的身影。然後他環視四周，由此我得知那棟建築物是用藍色磚塊砌成的。

這時我才發現，自己並沒有看到整棟屋子完整的模樣。屋頂和玄關是什麼樣子

註：輕自動車，亦稱「K-CAR」，為日本訂定車輛規格中最小型的一類，車身長度小於3.4m，寬度小於1.48m，高度小於2m，排氣量少於660cc。由於車稅，保險等都很便宜，車體迷你於市區穿梭又方便，在日本深受歡迎。

的呢？

總之，接著和彌試著用起子撬開地下室窗戶，卻發現有人朝這邊走來。自己的行蹤暴露了，和彌於是衝向屋旁的樹林中打算逃走。

接下來就是問題所在。昨天有一道擋住我去路的水泥牆，但和彌曾經跳下一道牆嗎？我看著筆記，裡面並沒有出現類似的敘述。

他從屋旁跑進樹林裡，穿越樹林，跌倒滾下斜坡，最後就是被車撞到的事故現場。

我思考了一下，發現一個可能性。會不會因為某種緣故，所以和彌的屍體是被凶手移動過的？若是這樣的話，就可以解釋為什麼我在左眼影像裡看到的場景，和實際的車禍現場有所出入了。

不，不對，我怎麼這麼蠢。當時撞到和彌的駕駛是在當場就叫了救護車的。如果凶手現身搬動屍體，駕駛一定會發現。所以這個推論不成立。

那麼，如果是之前沒有那道水泥牆呢？也就是說，兩個月前和彌死亡的時候，那裡只是個很平常的斜坡，所以和彌才能夠筆直地穿過杉樹林往下坡跑。而在他死後，那一帶便開始進行道路施工，在杉樹林裡鋪上柏油路、裝上護欄，還有那道水泥牆。

只要找個人問問，應該馬上就曉得這推論正不正確，我只消問說兩個月前有沒有這條道路就行了。

我整理了一下思緒，決定到咖啡店去確認這件事。說要找人問，也只有那兒有我認識的人。

看了看手表，時間過真快，已經接近中午了。

於是我前往咖啡店「憂鬱森林」，想順便在那裡吃午餐。

一推開門走進店裡，店內依舊充滿溫暖的空氣，我覺得好幸福，剛才腦中關於凶手等等不愉快的事情，馬上一掃而空。我笑咪咪地過去吧檯前坐了下來。

店裡只有木村在。

「砂織出去買東西了。」木村說。

我點了一份午餐。等著餐點，我一邊欣賞店裡擺設的咖啡杯組。所有的杯組都一塵不染，一定是有人勤於擦拭吧。木村的手指那麼粗，總覺得應該都是砂織在照顧。

「這些全都是我擦的啦。」

木村直視著我說，似乎知道我在想什麼，語氣裡也帶了點責備我沒禮貌的意味。

午餐送上來，我直接開口問木村。

「和彌出車禍的那條馬路，繼續往前走會彎彎曲曲地通到山上去，可是那段路是什麼時候鋪好的呢？」
他沉吟了好一會兒，應該是拚了命在回想吧，但得到的回答，卻不是我所期待的。
「已經很久了耶，我想不起來了。不過，能肯定的是一定完工超過二十年以上喔。」
我有些失望，還是拿出相澤瞳的照片請他看。
「那你見過這個女孩嗎？」
木村看著我，「妳這樣好像警察。」一邊搖了搖頭，「不認識的女生。」
「是嗎……那，這一帶有沒有人行蹤不明呢？」
「倒是曾經聽說有個孤家寡人的大叔突然失蹤啦。」
他叫做金田，就住這附近，好像已經好一陣子沒人見到他的蹤影了。
「不過因為他不大受歡迎，又欠了錢的樣子，應該是逃得遠遠地躲債去了吧。」
這消息對我也沒什麼幫助。
「那你曉得一棟磚造的屋子嗎？」
「磚造屋？那天跟妳聊天的京子小姐就是住磚造屋喔。」
「是藍色的磚造屋。」
「藍色的嘛……」店長一邊尋思似地點了點頭，「知道是知道啦。」

出乎意料的答案嚇了我一大跳。

「真的嗎！請你告訴我在哪裡！」

我激動地當場站了起來，他讓我先坐下來。

「妳為什麼想去那棟屋子呢？」

斟酌了一下，我不能輕易說出可能有女孩被軟禁在那裡的事。

「……我是聽人家說的，聽說那是一棟很特別的建築，所以想去看一看。」

「潮崎先生等一下就到了，他午餐都是在我們店裡解決的。他也曉得那個地方，不如請他帶妳過去吧。」

我看著牆上的畫，就是那幅潮崎畫的湖景，平靜的湖面上倒映著森林。

沒想到是在這種狀況下找到那棟藍磚屋。請潮崎帶我過去，然後呢？

不對，不能讓他送我到屋前。我的打算是在不被發現的情況下，拍攝屋子四周能夠當作證據的東西。所以我應該在快到的時候就下車，才不會被住在屋裡的凶手發現我在進行調查，這點非留意不可。

要是讓凶手察覺有人在注意他還得了，這麼一來，可能至今仍活著的相澤瞳就會陷入非常危險的處境了。

終於，潮崎推開店門走了進來，毫不遲疑地走過去最後面的座位坐下。那個位置照不太到什麼光線，是店裡最暗的角落，但在他眼裡全店似乎只有那個座位。

店長把他的餐點送過去。聽說潮崎近乎神經質地總是在固定的時間到店裡，總是點相同的餐點。而木村也都會幫他準備好一份沒有肉類的午餐，好像是因為潮崎覺得肉類有一股血的味道，所以他都只吃青菜。

木村過去跟潮崎講我的事情。我遠遠看著他們倆對話，潮崎也抬眼看我這邊，我跟他對上了視線。他的眼神很銳利，我緊張地朝他點點頭打招呼。

「他說吃完飯後，開車載妳過去。」木村轉過身朝我說。

聽說潮崎吃午餐大約要一個小時。在他吃完飯之前，我決定先看店裡的雜誌打發時間。

自從記憶喪失以後，我讀了不少小說。因為後來我沒去學校上課，待咖啡店久了，慢慢喜歡上閱讀。而且不只是小說，漫畫和雜誌我都看，當然內容全都是我第一次讀到的東西。

我在喪失記憶之前都看些什麼樣的書呢？讀到動人的小說會流下淚嗎？我會背下詩句嗎？

是我自己選擇放棄這些美麗的回憶的，這讓我心裡有一股罪惡感。我也知道失去記憶並不是我的錯，其實沒必要這麼想。但是再怎麼說，當我改變了自己房間的擺設，決定揮別「菜深」的那一刻，我就已經背叛這些回憶、將它們拋得遠遠的了。

我一邊想著這些有的沒的，翻了好幾本雜誌。後來又到書櫃前想找點別的書來看，卻發現一本很奇怪的書。那本書很薄、小小的一本，而且還很新，是一本童話。

書名叫做《眼的記憶》，上面還有一行小字寫著「暗黑童話集1」。

我翻了翻這本書，每隔幾頁就有插畫。無數細細的線條填滿整個畫面，黑壓壓的，感覺非常詭異。

畫裡有一隻烏鴉，牠的尖喙正從小孩的臉上叼出眼球。

這幅畫感覺很不祥，連伸出手觸碰都會讓人猶豫許久。然而，不知怎的我卻無法將視線移開。這本書彷彿發散出某種妖術般的吸引力。

正當我打算從頭讀這本書的時候，潮崎用完餐了。於是我把書放回書櫃。

「走吧。」

潮崎對書櫃前的我說，語氣很冷漠。他披上了黑色的大衣。

我緊張地坐上潮崎的車。我坐在駕駛座旁，木村在店門口向我們揮手道別，但他不知為什麼一臉笑嘻嘻的。雖然不明所以，我也笑著對他揮了揮手。

黑色的轎車靜靜地向前奔馳。我一點也不懂車，但車內座椅非常乾淨，感覺得出來很高級，空氣裡飄著一股芳香劑的香氣。

「等下我想先在鎮上買個東西，不會花很多時間。」

我點點頭。

「白木小姐妳來這個鎮，是給和彌上香的嗎？」

「您也認得和彌？」

「見過幾次。」

「您是最近才來鎮上……？」

「我去年剛搬來。」

他提起了畫的事。我既不懂車，也不懂畫，不曉得他是不是有名的畫家？那幅掛在咖啡店裡的畫，好像是他在國外畫的。

「也沒什麼特別的原因，只是想送幅畫給那家咖啡店。」他一邊開著車說。

不知道那幅畫值多少錢呢？潮崎又為什麼會決定住在這個鎮呢？雖然很想問，但我還是沒開口。他不算是健談的人，我擔心自己問東問西會讓他覺得煩。

車子在一家農具行的停車場停了下來。

我留在車上，他說去買一下很快就回來。

我手托腮靠在車窗上，呆望著照後鏡。鏡子裡，潮崎正把買來的東西塞進後車箱。

坐進駕駛座後，潮崎說，「接下來就去那棟屋子了。」

我神情僵硬點了點頭。

凶手和相澤瞳就在那棟屋子裡。我打算只要遠遠看得到屋子，就立刻請他讓我下車。我只是要知道屋子的位置，還有通往那裡的路線。

車子在貫穿小鎮的國道上開了一會兒，終於彎進岔路，往山的方向開去。

「您買了什麼東西呢？」

「……上次地震的關係，我家牆壁多了些裂痕，」潮崎仍直視著前方說，「所以買一些補牆壁用的東西。」

這是我第一次聽到有地震這回事，聽說是我來到楓町前一天發生的。這麼一提我才想起，我好像自從在醫院醒來之後，還沒體驗過真正的地震。

一面胡亂想著這些事，我呆呆望著窗外流逝的景色。突然，一個熟悉的景象躍入眼簾，我不禁喊了出聲：

「請停車！」

車子旋即停了下來，潮崎用「發生了什麼事」的眼神望向我。

「有公園！」

我一跳下車便往前衝去。

前方是一個小小的廣場，大半湮沒在林子裡。入口處拉了一條生鏽的鐵鍊，鐵鍊下掛著一個寫有「禁止進入」的牌子。不曉得什麼原因，這個公園好像已經沒人使用了，到處長滿了雜草。

不過，溜滑梯和立體方格架還在，還有一座鏽到看不出原本油漆顏色的鞦韆。

我一眼就看出這是我在動了眼球移植手術之後，因為醫院月曆上的照片成了鑰匙，讓我在左眼影像裡看到的那座鞦韆。

我一直杵在鞦韆前，潮崎也下了車來到我身後。

「以前我曾經和砂織、和彌在這裡玩呢。」我開始從各個角度望著鞦韆。

「沒有錯，就是這裡。」

我好開心。自從來到這個鎮上，我親眼見到許許多多之前在左眼記憶裡見過的景象，但是見到了這座砂織曾經微笑著坐在上面的鞦韆，尤其讓我開心不已。

我一躍坐上滿是鐵鏽的鞦韆，卻察覺身後的潮崎正盯著我看。想到自己這麼沒規矩，忽然覺得不好意思了起來。得穩重一點才行，我在心裡暗自反省。

「妳從剛剛就一直怪裡怪氣的。」潮崎說，「不過還滿有趣的就是了。」

說完，他便盯著我的眼睛看。原本只是無意間望著我的眼睛，但後來卻好像發現了什麼東西，他的視線一動也不動。

「怎麼了嗎？」

「是我眼花了嗎？怎麼覺得妳左右眼的顏色好像不大一樣。雖然差別不大、幾乎看不出來……」

我笑了笑矇混過去。要是讓他知道我動過移植手術，有一隻眼球不是自己的，大概又得花很多精力解釋。我們回到車上，繼續往目的地前進。一路上，潮崎好像還是很在意我的眼睛。一定是藝術家這種生物，特別會對不可思議的外貌感興趣吧。我想多半是這個原因，也就沒怎麼放心上。

不知不覺間，車子行駛在我曾見過的路上。兩側都是杉樹林，大白天的，四下卻一片昏暗。

「這裡是……和彌……？」

潮崎一邊轉動方向盤，點了點頭。這裡是和彌發生車禍的那條路。

我總算安心下來，果然藍磚屋只要沿著這條路一直走就會到的。左眼的影像跟現實狀況並沒有大幅偏離，只是些許的差別罷了。

車子駛過和彌的車禍地點。像這樣坐在車裡通過他被撞死的地方，真的很難受。通過的那一瞬間，我緊閉眼睛，感覺背脊不停地顫抖。

繼續開了一陣子，前方出現左彎道，車子終於駛向與剛才來路相反的方向。

在我的車窗這一側，路旁開始出現護欄。護欄外並非地面，而是一堵水泥矮牆，看得見從矮牆下方高聳出來的杉樹。那下面就是我昨天摸索著好不容易到達的地點。

「這條路是什麼時候築好的呢？」

已經問過木村的問題，我又再問潮崎。

「我也不清楚，不過我搬來的時候就有了。」

出現了一條岔路。

「從這條路進去，就可以通到黑塚京子小姐住的地方。」潮崎說。

接著，道路轉朝右彎。

沒多久，潮崎把車停了下來，示意要我看外頭。

從我這側車窗看出去，剛好能夠清楚仰望整片斜坡。我把額頭緊貼著車窗望上看。

雖然茂密的杉樹遮住了大半的視線，從筆直的樹幹間，我還是看見了那個顏色。

藍色。不過並不是晴朗天空的蔚藍，而是深沉、接近黑色的藍。

我要找的那棟屋子，就在杉樹林的那一頭。我起了雞皮疙瘩，心頭湧上一股不安。距離有點遠，無法確定屋子是不是磚砌的，但那個藍色，我想和左眼的記憶裡看到的應該是一樣的。

凶手就在那裡，而相澤瞳就被軟禁在屋內。凶手到底是怎樣的人呢？

雖然一直叫自己別去想，但左眼記憶裡見到的相澤瞳身影還是浮上腦海。也許是我看錯了，但當時的她看上去像是沒有手腳的。

她的手腳怎麼了？如果是凶手的傑作，那要多麼殘酷狠毒才下得了手！

「您也曉得那棟屋子嗎？」我問潮崎。
於是潮崎把他所知道關於那棟屋子的事情告訴了我。
於是我下了車。
「其實我只要確認那棟建築是真的存在的，就夠了。因為我跟和彌打了賭，我本來一直不相信真有那棟屋子的。」
「如果妳要回去了，我可以送妳到咖啡店。」
我婉拒了他的提議。
「很謝謝您，不過我已經記得路了，我想用走的回去咖啡店。」
說完我低下頭向他致謝。潮崎一臉狐疑地看了我一眼，發動車子離開了。
沒有被發現我的聲音在顫抖吧？我的舉止應該看起來夠自然吧？
因為，剛才他告訴我關於這棟屋子的事情是——
「聽木村先生說，妳很想看看那棟屋子，不過要不要上來喝杯茶？」
潮崎看著我的眼睛，說：
「妳不用客氣，那屋子是我在住的。」
潮崎的車子離去後，我走進路旁的針樹林裡打發了一些時間，猶豫是不是要馬上靠近那棟屋子。我想還是等他進屋裡，已經休息了以後再接近那一帶。

他就是住在藍色屋子裡的人，他就是凶手。而我卻毫不知情地坐上了他的車，還和他聊了那麼久。現在想想簡直難以置信。

我想起剛才離開咖啡店時木村臉上的笑容，那是因為他隱瞞了潮崎就是藍色屋子主人的關係吧。我有點氣木村開這種玩笑，雖說現在不是該發脾氣的時候。

過了大約半個鐘頭，我終於做好心理建設，準備朝那棟屋子前進。

眼前這條路的往來車輛非常少，十分鐘也不見得有一輛車經過，但順著這條路往下山方向去卻會到達和彌出車禍的現場。或許只能說他運氣實在太差，從半途跳出去馬路上還碰巧有車經過讓他撞上。他是被潮崎一路追趕，最後才不巧撞上經過的車子的。

我想往藍色屋子移動，卻不知道該沿著馬路走還是穿越杉樹林。如果走在大馬路上，潮崎剛好開車經過發現，又得麻煩地解釋一堆不可，於是我選擇了樹林。

這裡跟和彌出車禍的地點一樣，道路有一側是陡峭的杉樹林。這一帶的山路好像都是這樣，一邊是很陡的斜坡，另一邊則是有些高度落差的護欄。

我小心翼翼地爬上斜坡，一邊留心不要跌倒。一地的枯葉，踩上去似乎很容易滑跤，但爬到比較高的地方之後，坡度就變緩了。

愈接近藍色屋子，杉樹以外的樹木就愈多，枯樹彷彿伸出觸手伸展著樹枝。我記得在左眼的記憶裡也是這樣，剛逃進樹林裡的時候，也是一邊與樹枝奮戰一邊往前逃。

林子裡非常冷，吐出來的氣化成白霧消失在林間。我每走過一棵樹，便用戴著手套的手拍一下樹幹，一路上這麼數著樹木的數量往前走。不過，在數超過五十棵樹之後，我就厭倦這個遊戲了。

終於，藍色屋子聳立在我的眼前。這是一棟兩層樓的屋子，而且果然是磚砌的沒錯。在我眼中，這棟屋子就像一頭蜷曲著身子棲息在黑暗裡的巨大生物，牠蟄伏在森林深處，從杉樹林間眺望著人間俗世；又或者像是瞇細了眼觀察著人類的一頭不祥的生物，一走近牠的身邊，便感受到那陰鬱的眼神正籠罩自己。

一直站在原地抬頭看向磚壁上方，有種錯覺這整棟屋子好像在呼吸，宛如生物呼吸時肺部的舒張起伏，磚牆好像也靜靜地縮張著。

我的雙腳無法動彈。我知道自己正在做一件多麼危險的事，要是被發現了，我的下場會如何？一直要自己別去想，但最糟的狀況仍然浮上腦海。一想到這些，我就無法再靠近屋子一步。

我閉起眼睛，努力回想著和彌與相澤瞳，好幫助自己鼓起勇氣。

我把手伸進口袋拿出相機，然後藏進樹林靠近路旁的地方先環視四下，確認潮崎不在附近。

我隱身枯樹間穿梭著走出林子，靠過去屋子將身體緊緊貼著外牆。

摸了摸牆壁。沒有錯，就是左眼見過的屋牆。即使是透過手套，還是感受得到牆壁表面足以凍結魂魄的寒氣。

我抬頭看。整棟屋子筆直聳立，深入灰色的雲中。

沿外牆繼續移動。我一邊望著地面，尋找應該存在某處的地下室窗戶。

屋子的四周都是森林，牆壁與樹林之間有一小段能夠通行的空間，地面是裸露的泥土，表面滑不溜丟的。牆與地面垂直交接的地方，有好幾個花壇，跟屋子是用同樣的藍磚砌成的，但裡頭只長了枯黃的雜草。

沒有被森林圍住的只有玄關那一帶。不過我並不想太招搖，決定不走過去了。

我再回想左眼的景象。地下室窗戶並不在玄關那邊。而且和彌當時是利用牆角藏身，所以地下室窗戶應該就在離牆角不遠處。和彌接著逃進森林往山下方向跑，所以那個牆角應該在靠山麓那一側。

要不了多久，我便找到很接近左眼景象的地方，那是位於西南方的牆角。

四周的景象也幾乎相同，不過不知道是不是因為經過了一段時間，附近植物的模樣和形影似乎有些微差異。

但我還是到處都找不到地下室的窗戶。我推測應該是和彌看到地下室窗戶的位置，現在只見磚砌好的花壇，任枯黃的雜草在裡面叢生。

說不定是潮崎特地蓋花壇好遮住地下室窗戶的？和彌過世已經兩個月了，在這段時間內趕工砌好這些花壇，並不是什麼難事。

把花壇敲壞的話，或許就能找到地下室的窗戶了，不過這些磚塊看來非常堅固。

地下室窗戶已經被封起來，我拍不到照片當證據了。

雖然不甘心，但今天還是先回去吧。若要繼續在四下走動找證據，我需要更強有力的心理準備。

我瞄了瞄屋子後方，緊靠著牆有一間老舊的木造倉庫。我想起潮崎今天在農具行買了東西，說要拿來修補牆壁用的，說不定就放在裡面。

我想在回去之前看一眼裡面放的東西，於是往倉庫走去。

二樓傳來開窗戶的聲音。

我突地停下腳步，身體緊貼住牆，小心翼翼不發出一點聲音悄悄離開那個地方。說不定現在潮崎正從窗戶探出頭來。

我逃進森林裡，跑在和彌或許曾經跑過的路上。我回頭張望，潮崎應該沒追上來，但是在我心裡，卻一直有個人影緊隨身後揮之不去。

最後我小心地走下斜坡來到馬路上，直到這時才終於從恐懼中解放，我不禁偷偷哭了起來。

5 ◆ 某童話作家

他望著手掌上幾乎被打爛的蒼蠅，這個小東西剛才一直困擾著沒有手腳的相澤瞳。

「快被牠煩死了。」

女孩在沙發上，鬆了口氣說。

「因為我就算想趕走牠也沒辦法呀。」

蒼蠅不是因為女孩的傷口腐爛才靠過來的。被三木弄傷的身體並不會腐壞，那隻蒼蠅只是湊巧飛過來相澤瞳的身邊而已。

三木用手掌把停在布袋上的蒼蠅拍爛，蒼蠅的體液把瞳的布袋染出一小塊汙漬。

三木看了看黏在手心的蒼蠅，蒼蠅還不停蠕動著。

「真麻煩，連隻小小的蒼蠅都殺不死。」

三木走過去書房窗戶，想把蒼蠅往外丟。

因為是害蟲，要不就得弄到牠完全不動了為止，要不至少弄到牠幾乎沒動靜之後才往外丟。

「那隻蒼蠅應該也免不了沒死透就成了螞蟻的食物吧。」瞳說。

窗戶開到一半，三木突然停下動作。

他謹慎地將頭伸出窗外，看了看四下。

「有人嗎？」

書房窗戶在屋子的裡側，外牆和環繞屋子的森林之間有一小段空間，三木覺得那一帶似乎傳來了聲響。

沒有人。是我太多心了嗎？

「一定是救兵來了，一定有人發現你是綁匪了。」

三木把瞳留在原處，兀自離開了書房。

「你要去哪裡？」瞳問。

停了一下，她恍然大悟地接著說：

「對了，你要去埋大叔。」

前不久，金田正在地下室裡死了。

「大叔的樣子怪怪的。」

之前三木送瞳去地下室的床鋪時，持永幸惠在置物架的另一頭這麼對三木說。

那個時候，金田正已經在地下室的角落迎接死神到來了。

三木拿著剛買的新鏟子走出屋外，沿著磚砌的外牆來到屋子的後方。

望了望四周，剛才在二樓窗戶覺得似乎有人的動靜，現在已經消失了。

身旁成片的樹林靜靜佇立，三木撥開身前交纏的枯樹枝往林子裡走去。沒多久，便發現一個非常適合埋金田的地點，於是他將鏟子前端刺進地面。地面因為結冰而有些硬，不過還不至於挖不了坑。

第一次遇到金田，是剛搬來這棟屋子沒多久的事情。他記得很清楚那是他把持永和久本帶到地下室的兩星期前。

三木當時幾乎不和附近鄰居打交道，因為屋子在山裡，所以除非自己主動和附近的人往來，否則是不會有人特地大老遠跑來找他的。當時他總是悄聲無息、一副沒人住這屋子裡似地獨自過著日子。

也因此他到後來才曉得金田是本地居民。

金田來到這棟屋子的時候，用一種看到奇怪生物的眼神看著自己。

「我一直以為這裡沒人住。」

於是三木試著邀他進屋來。金田有點猶豫，還是踏進了玄關。

「我穿著鞋進來沒關係嗎？總覺得，你家好像一座城堡。」

金田是個一臉窮酸相的男人，個頭矮又駝著背，頭髮已經禿了一半。他好像對於三木過著怎麼樣的生活、以什麼工作維生相當感興趣。

外頭下起雨來。三木將視線從金田身上移開，上樓到書房把開著的窗戶關上。

這時，一樓傳來金田的慘叫。他趁屋主不在場，偷偷打開了冰箱，結果讓他看見蛋槽裡擺了一個個的耳朵和手指，那是三木還沒搬來這之前便一直收藏著的。

金田癱坐在地上，三木用菜刀刺進了他的肚子，再拿手邊的封箱膠帶把他綑一綑，押進地下室。

「……好不可思議的感覺。」

金田望著插在自己肚子上的菜刀，似乎很感動地低喃著。他的眼中露出幸福的光采，彷彿忘卻為什麼自己不覺得痛。

三木讓他靠著地下室的牆壁，問他接下來怎麼辦。想死？還是想活？

想死的話，只要把頭切下來就好。依照過往的經驗，只要將大腦和心臟分開來，要不了多久就會死了。再不然，選擇靜靜等待肚子的傷口癒合也行，三木造成的傷口一旦癒合，全身的生命力便會消失，接著只要放任不管，應該就會因為飢餓和老化的侵蝕而慢慢死去了。

金田選擇活下來。

於是三木將他的肚子縱剖開來，劃開皮膚，割開肌肉，便看見肋骨和內臟。這個時候金田已經完全無法開口了。

三木把金田的身體裡外對翻了過來。

先切開身體，裡面的東西暫時先全部拿出來。然後把外面的東西放進裡面去，裡面的東西移出來外面擺。

手腳變在內側，接著包覆上皮膚或肌肉，骨頭則是一根一根切斷，轉個方向之後用螺絲固定，再用內臟裝飾外表。因為這樣使得內臟失去支撐點，他便用鋼絲將它們固定住。

整段過程裡，金田既沒死，也沒失去意識，血也幾乎沒流。三木從老家帶出來的手術刀似乎會下意識地自行避開血管，所以即使流了血，也很快便止住了。而金田暴露在外面的內臟，也不可思議地沒變乾，始終保持著水嫩的鮮豔光澤。

到了最後，金田從頭部以下，成了一個裡外完全對翻的模樣。裸露在外的內臟，或是軟趴趴地垂掛在鋼絲上，或是好好地繫在上頭。

金田幾乎無法支撐自己的身體，放著不管的話，他一定會被自己的重量壓垮的。所以三木從地下室的天花板垂下幾十條釣魚線和釣鉤，把金田的內臟和鋼絲一一牽線掛上，硬是讓他立了起來。在裡外對翻的身體下方，露出了折進身體裡的手指和雙腳，偶爾還會像青蛙彈跳似地輕輕動個幾下。

金田還有意識，所以可以從眼神得知他的感受。他的眼中帶有畏懼，雖然流著淚，但三木曉得那只是因為神智恍惚的關係。

再望了望成品，覺得金田臉上的鼻子和嘴唇似乎有點多餘，於是三木將臉部縱切開來，把皮膚和肌肉往後腦勺包過去，便露出了頭蓋骨。這下只剩下包裹著意識和眼球的頭蓋骨了，還有表面黏著一些嫌麻煩而沒削掉的牙齦等肉片。沒了眼瞼，嵌在眼窩裡的兩顆眼球直追著三木的一舉一動看。

身體的部分可以靠天花板垂下的釣魚線支撐，但是頸部以上卻變成垂頭喪氣的模樣了。因為在裸露的頭蓋骨上方，並沒有能鉤住釣鉤的部分。

於是三木在頭蓋骨頂端打上釘子。他知道就算釘子前端打進大腦裡也死不了的，所以他選了根長釘子。鐵鎚每敲一下，金田的頭就因敲擊而搖晃。釘子大概敲進去一半之後，便綁上從天花板垂下來的細線，調整到他不會低著頭的角度固定住。

至此，三木決定停手了。

雖然無法眨眼睛，但金田的眼球總是溼潤的。他沒辦法說話，但是透過眼球轉動便能夠溝通，或者是輕微抽動著被反包在內側、露出身體下方的雙腳也足以傳遞情緒。

金田這個全新的身形中，不見以往的窮酸相。這是一個從天花板垂吊下來的內

眼的記憶・後

3

有一天，女孩坐在窗邊的椅子上。

「好可怕喔……」女孩說。

臉上的兩個窟窿裡，放著烏鴉送給她的「填充物」，女孩的全身不停地發抖。即使兩個眼球各自看著不同的方向，女孩仍然能夠確實地感受兩粒圓珠子曾見過的光景。

「什麼東西好可怕？小姑娘。」

烏鴉把口中啣著滿是鮮血的新禮物放下。

「我每次把你送給我的『填充物』放進眼窩裡，腦海裡總會充滿美麗的夢境。對看不見的我來說，真的是非常棒的體驗。不過，我最近發現你帶來這些『填充物』的景象裡，總會出現一個可怕的東西。」

「可怕的東西？」

女孩點點頭，一邊眼球便從眼窩裡掉了出來。她把眼球撿起來，收進保存眼球的玻璃瓶裡。瓶子裡裝的東西已經滿到接近瓶口的位置了。

烏鴉問女孩，那個令她恐懼不已的東西究竟是什麼，女孩只是一逕搖頭。

「我也不知道。那東西一瞬間就不見了，很像怪物，不知怎的我知道那是可怕的東西，但是……」

女孩旋即收起不安的神情，對著烏鴉微微一笑。

「不必擔心。你送給我的東西都很棒，在我獨自置身黑暗的時候，總是有這些禮物讓我感受到光芒與顏色，帶給我勇氣。你不知道這對我有多重要。」

女孩對著停在圓桌上的烏鴉伸出了雙臂。烏鴉心想，她可能想和我握手吧。以前看過的某一部很喜歡的電影裡，也出現過類似的畫面。不過，女孩的臉和雙手卻迎向更上方的位置。如果牠不是鳥、而是人類的話，女孩應該正用雙手捧住牠的臉吧。

「陌生人先生，你連名字都不願意告訴我。你是真的存在嗎？我甚至沒有觸摸過你的手……」

烏鴉的胸口一陣翻攪。牠不能觸摸女孩，因為牠是一隻鳥。如果被發現牠並不是人類，女孩一定會很悲傷的。

「對不起小姑娘，我不能和妳握手。幾年前我去國外旅行的時候，感染了一種很嚴重的傳染病。只要碰觸到我，就會感染這個嚴重的疾病。所以小姑娘，妳碰到我的話，馬上就會打嗝打個不停喔。」

說完烏鴉便飛出窗外。雖然曉得女孩在身後說了些什麼，不過牠頭也不回拍著翅膀離開了。悲傷在牠結實的胸口裡迸裂開來，但烏鴉不懂這種情緒究竟是什麼。

牠逕自朝鎮上飛，去物色送給女孩的禮物。這是一項需要非常謹慎的工作，因為最近大家對烏鴉的防備心愈來愈強了。

烏鴉之前襲擊人類的時候，曾經被目擊到好幾次。因為這樣，近來有黑色的鳥出沒挖走人類眼球的消息，早已傳遍了鎮上。

大人用槍擊落鎮上的烏鴉，小孩則因為怕遭到烏鴉攻擊，上學途中都用雙手遮著眼睛。

烏鴉也曾被槍攻擊過，幸好子彈沒打準。但從那次之後，烏鴉只要飛過城鎮的上空，都會刻意高飛到地上的人看不見牠的高度。而且，為了平安取得給女孩的禮物，牠也開始往謠言還沒萌生的遙遠城鎮飛去。

牠還想了一些取得眼球的方法。有一次，烏鴉在某個住宅密集的地區不經意發現了一面牆，牆上有個洞，洞的大小正適合偷窺。於是烏鴉躲在牆後，只要有人從牆外經過，烏鴉便裝著人類的聲音說：

「嗨！就是您了，停一停，快看這個洞，圍牆這邊有很多又漂亮又神奇的東西喔。」

牆外的人若是聽了這話而把眼睛湊上洞口，圍牆後頭集中了全部注意力的烏鴉絕不會錯過這一瞬間，立刻將牠的尖喙深深刺進牆洞裡。又黑又銳利的嘴尖刺進走近牆邊的人的眼窩中，然後一個鐘頭之後，烏鴉就可以看見女孩開心的笑臉了。

就算差點死在人類的棍棒下，就算被人類用尖銳堅硬的石塊驅趕，烏鴉仍持續接近人類，然後染紅牠的尖喙。

牠總是在樹枝或是屋頂上一動也不動地觀察人類，逮到機會便飛撲上去。

牠會突地出現在人類面前，張開牠黑色的寬大羽翼，人類因為驚嚇而睜大了雙眼，烏鴉就在這個瞬間撲向人類的臉。

有時候則是經過長時間奮戰，直到對方意識模糊之際方取下眼球。

牠也曾經因為遭到毆打而不小心咬破口中的眼球，或是在還沒送達女孩手上之前，一個不小心把眼球給吞了下去。

有一天，女孩將烏鴉送給她的眼球放入眼窩，露出了喜出望外的笑容。那個眼球的主人似乎有很多出國旅遊的經驗，女孩告訴烏鴉，從這個眼球中，她看到了許許多多有趣又新奇的風景。

離開女孩的房間之後，烏鴉偶然經過了墓園的上方。這個墓園位於小山丘上，四下沒有民家。太陽已沉睡，皎潔月光撒落一地，只見一列列整齊的墓碑映著白色的光芒。

一名掘墓工正用圓鍬挖坑好埋葬死者，烏鴉在枯木上靜靜觀察著。

坑旁地上躺著一個人，身上蓋著布。稍微露出布緣的衣服看上去很眼熟，烏鴉發現這個屍體正是剛才被自己取走眼球的人。大概是因為眼球被奪走的打擊太大，才使得這個人喪命吧。

掘墓工將屍體放進挖好的墓穴裡，烏鴉於是拍動黑色的羽翼，飛離了枯木。四下已經一片漆黑，唯見清淒的月亮高掛天上。

隨著日子的流逝，人們的警戒心愈來愈強了。

4

「噯，你聽我說。我已經決定接受手術了。」

有一天，女孩對烏鴉說。

之前的醫學技術一直無法讓女孩的眼睛重見天日，沒想到醫學的進步竟超乎想像地快速。

「等我眼睛看得見了，就可以看到你的模樣了。」女孩開心地說。

「這真是太好了，小姑娘。恭喜妳。」

烏鴉雖然嘴上這麼說，其實心裡很矛盾。女孩如果恢復了視力，發現自己一直以來說話的對象其實不是人類，一定會非常吃驚吧。

而且她也會發現，那些被自己稱為「填充物」的東西，其實是從別人臉上挖下來的眼球。

只要是為了女孩，就算有人喪命，烏鴉也不覺得內疚。即使知道自己這樣的行為不對，鳥類的心是不會產生罪惡感的。

但是女孩這麼善良，要是知道有人因為自己而喪命，一定會非常難過，也會責備烏鴉的行徑吧。烏鴉最擔心的就是這一點。

如果女孩討厭我了，該怎麼辦？想到這些，烏鴉恐懼得簡直睡不著覺。

唉，如果自己不是鳥類，而是人類的話，該有多好！

在內心千頭萬緒的烏鴉面前，女孩正看著眼窩中「填充物」裡的影像。

突然，女孩大聲尖叫了起來。

「怎麼了，小姑娘？」烏鴉嚇了一大跳，連忙問她。

女孩顫抖著說：

「我看見怪物了。牠總是在影像快結束前出現，全身暗黑，是一頭黑色的怪物。每次只要怪物出現，影像就會突然終止，牠是夢境的終結者。每次夢境到了最後，這個黑色的怪獸就會朝我撲過來，牠的表情真的好恐怖！」

女孩瑟縮著纖弱的肩膀，一臉蒼白。原本草莓般的雙唇，早已失去了血色。

烏鴉明白了。女孩打從心底感到恐懼的黑色怪物，就是自己！女孩眼中的魔鬼，就是眼球記錄下來的自己的身影！

怎麼辦？女孩很快就要接受手術，眼睛就將看得見了。這麼一來，她就會知道和自己聊天的人，正是那個讓她打從心底感到極度恐懼的黑色怪物。

乾脆不要接受什麼手術好了。烏鴉心裡這麼想，但是看著女孩期待重見天日的模樣，烏鴉實在說不出口。

「手術好恐怖喔……」女孩說，「不過，為了能夠看到你，我會忍耐的。」只要想到能夠親眼看到這位每天來拜訪自己的奇妙聲音的主人，女孩就有了勇氣，而下定決心接受手術。

「明天晚上，我就要出發去遙遠的城市動手術了。所以，你可以在我出發前來看我嗎？我想跟你說說話。」

聽著女孩的話語，烏鴉只是振翅飛離了大宅。

這一天終於來了。烏鴉小小的腦袋裡，一直一直想著女孩。數不清已經多少次，牠想跟女孩告別，飛往南方的國度。或是乾脆什麼都不說，只要不再去找她就好。

但是，烏鴉並沒有這麼做。如果牠突然消失，女孩一定會很難過。而且最大的原因是，烏鴉自己就先受不了了。

雖然知道女孩要動手術了，烏鴉還是持續為女孩送禮物過去。

只是，現在要取得眼球已經沒那麼容易了。人們都很謹慎地藏好自己的眼睛，甚至還有人戴上特製的堅固眼鏡。

人們分辨不出烏鴉和其他鳥類的不同，因此，許多無辜的黑色鳥類一概被人類用槍擊下。說不定，裡頭也包括了烏鴉的父母和兄弟姊妹吧。

人們愈來愈恐懼，警戒心也愈來愈強，烏鴉幾乎找不到機會取人眼球。

女孩即將遠行接受手術的前一天，烏鴉為了取得眼球，不眠不休地飛行，來到了一個從未到過的遙遠城鎮。

天色終於暗了下來。等天一亮，女孩就要出發了，但烏鴉仍然找不到取得眼球的機會。

手術一旦完成，烏鴉的禮物就失去意義了。但這卻是烏鴉唯一懂得的方式。

烏鴉只懂得將眼球送給女孩，讓女孩開心。牠只會用這種方式。在女孩接受手術前，至少再一次，牠想再看一次女孩的笑容。只要能達成此願，死而無憾。烏鴉在心裡深深祈願著。

烏鴉被人們拿石頭擊中，尖喙上多了裂痕；牠不小心被人抓住翅膀，雖然勉強逃過一劫，但羽毛卻掉個精光；牠被棒子毒打一頓，打掉了烏鴉最引以為傲的尖爪。即便如此，烏鴉還是拚了命想取得眼瞳，然而依舊四處碰壁。

烏鴉拍著殘破的翅膀繼續往前飛，彷彿心神稍一鬆懈就將墜地。

烏鴉終究是沒能拿到眼球。想到這裡，烏鴉不禁為自己的慘狀流下淚。

太陽已經下山，沒多久女孩就要出發了。天色漸暗，月亮皎潔的光芒開始撒落大地。

月光照耀下，烏鴉發現了一樣東西，那是一具即將被埋進墓園的屍體。烏鴉飛過墓園上方的時候，掘墓工正挖著墓穴。

烏鴉突然閃過一個點子。

「喂！這邊也有人死了耶！」

烏鴉操著人類的語言在不遠處朝掘墓人喊。

掘墓工吃了一驚放下圓鍬，往聲音的方向望了好一會兒，終於留下屍體在原地，一臉狐疑地往烏鴉所在的方向走去。

確定掘墓工離開了屍體，烏鴉立刻從他看不到的地方飛出來，飛越他的頭頂，停到墓穴旁的屍體身上。

烏鴉用尖喙掀掉蓋著屍體的布。那是一具女性的屍體，烏鴉對她的死因一點興趣也沒有。女子的臉與身體上布滿無數的傷痕，鼻子和嘴巴還被削掉，一邊眼睛已經瞎掉找不到眼球了，不過，另一邊的眼球看來似乎仍完好無缺。

烏鴉那滿是人類血腥味的、罪孽深重的尖喙，刺進了屍體的眼窩裡。

「陌生人先生，我還以為你今天不來了呢。」

烏鴉到達大宅時，女孩已經將行李整理好，看樣子馬上就將搭車前往遠方了。

「我會有一陣子不在這兒，不過，我一定會回來的。」
烏鴉將屍體上取下的眼球放到圓桌上。
圓桌上除了花瓶，還放著一個玻璃瓶子，就是那個用來存放眼球的瓶子。女孩應該是想把這個瓶子帶在身上當作回憶吧。
「小姑娘，手術一定會成功的。加油。」
女孩的臉上浮現了可愛的酒窩。
「謝謝你。」
「來，我有個最後的禮物要送妳，就放在桌上。戴上它，盡情地享受夢境吧。」
烏鴉開始難過了起來。而且，牠已經決定了。就在今天，離開這扇窗戶的時候，牠將告訴女孩：
小姑娘，我不會再來了。
然後牠再也不准自己想起女孩了。
女孩拿起桌上的眼球，放進了臉上的圓洞裡。
烏鴉轉身背對女孩，振翅準備離開窗戶。
「小姑娘……」
就在烏鴉要出言道別的時候，女孩的尖叫聲蓋過了烏鴉的話語。

淒厲的慘叫之後，女孩用指甲抓破自己的臉，上吐下瀉倒臥在地，手腳粗暴地揮動著，雙手抓著散亂的頭髮，彷彿痛苦至極地用力往外扯。

裝滿眼球的玻璃瓶翻倒了，撒落一地人類的眼球。或是腐爛變得軟趴趴的眼球，或是新鮮還有彈性的眼球，全部散落在女孩身邊。

終於，女孩發出野獸瀕死般的嘶吼，慢慢停止了聲息。

烏鴉靠過去，將耳朵貼上女孩的胸口。已經沒有心跳，應該是死了。女孩的臉龐因為極度恐懼而扭曲，原本光澤亮麗的黑色長髮、草莓般紅潤的嘴唇，全都變得慘白。

烏鴉並不曉得，這具被牠挖走眼球的屍體，一直到死前都不斷遭受虐待與傷害，是一個眼球裡深深烙印著人世間最悲慘的一面的人。

但女孩看到了這些影像。包括了這名女性所體驗到的人間煉獄，以及她死亡的瞬間。

烏鴉一直將頭靠在女孩的胸口，一動也不動。牠第一次觸碰到的女孩身體，正一點一點地失去體溫。

差不多該叫女孩出發了，女孩的媽媽一踏進房間，只見滿地無數的眼球圍繞著女兒已經斷氣的身軀，和一隻同樣已然冰冷、而頭仍緊緊靠在女孩胸口的烏鴉的屍體。

3 章

1◆某童話作家

三木做了一個夢，夢見人變成球的形狀。

夢的起頭是這樣的。某個狹小的房間，大概只有三坪大，裡面放著一臺小小的電視和壁櫥。三木在房間的正中央，跟一個人面對面站著。

那個人的手臂受了傷，上頭有一道數公分長的傷痕。

三木抬起他的手臂，撫摸著傷痕，結果被他摸過的皮膚就像黏土一樣變了形，手臂表面變得光滑無比，傷痕就這樣被撫平似地消失了。

三木緩緩審視那個人的指紋。一撫觸到那些凹凸細紋，表面就變得像用刮勺整平過一樣。

就這樣，三木像在玩黏土似的，一點一點去除那個人身上凹凸不平的地方。用力握緊手指，五根手指就壓黏成了一團。三木使力反覆地揉捏，那個人的身體便慢慢地愈變愈圓。

而這個人始終沒有喪失意識，雖然不發一語，眼睛總是意味深長地望著三木。

到最後，這個人的全身上下幾乎沒有任何突起的部位，只剩下光滑、圓球狀的上半身；一個白色的、幾近恐怖的球形。彷彿為了證明這物體曾經是個人類，球面上許多地方長有黑色的毛。而且在這個光滑的球面上，唯獨剩下一顆沒被揉進去的眼睛。

這個眼睛會眨眼，視線也會追著三木移動。

完全成了球的這個人無法移動身子。當三木走出這個三坪大的房間時，他也只是用小小的眼睛直望著他看。

「又睡著了呀。」

睜開眼，傳來的是相澤瞳的聲音。她躺在書房的沙發上，腹部使力彎曲布袋裡的上半身來打發時間，沙發反彈著她小小的身軀，她好像很喜歡這個遊戲。

三木收拾寫到一半的稿子，望向窗外。天空陰陰的，快下雪了吧。三木將暖爐轉強，拿起冒著熱氣的水壺沖了杯咖啡。

「那杯咖啡看起來很好喝耶。」相澤瞳說，「我問你，為什麼要開暖爐呢？應該沒那麼冷呀？」

三木跟少女解釋，被他弄傷之後傷口還沒癒合的人，是不大會感受到寒冷的。

「我的傷口還沒癒合嗎？」

三木告訴少女，她的傷口仍舊維持手腳剛切斷時的狀態，一直是沒癒合的鮮紅色。

拿著咖啡杯走到窗前，三木瞄了一眼埋金田屍體的地方，枯木遮住了樹林的地面。從二樓窗戶可以看見整片森林，這棟屋子四周有許多枯木，不過再遠一點就慢慢換成杉樹林了。

隔壁山上也有一棟和這屋子很像的磚造屋，屋頂外形也都一個樣，唯一不同的地方只有顏色。

「又覺得有人了嗎？」相澤瞳問。

把金田正埋進後院，已經四天了。

三木離開窗邊，打開書桌抽屜，裡面放著那個在屋旁撿到的東西。

「有人在調查你吧，這個東西就是最好的證明，不然哪有可能不知道是誰的東西突然從天上掉下來呢。」

但是，他並沒有親眼看見那個人。他必須釐清到底是誰對自己起了疑心在這棟屋子附近調查。

三木看著抽屜，思考這會是誰的物品。是自己認識的人的東西嗎？

「你打算接下來怎麼辦？噯，我好想媽媽，我好想回家喔。」

瞳仍躺臥在沙發上，轉過頭對三木說。長髮遮住了她整張臉孔。

「我覺得你可以自首，警察先生一定會原諒你的。」

他告訴瞳，他並不打算自首。

「那就表示，我還不能回家嘍……」少女沮喪地說。

三木問少女，說故事給她聽好不好。

「什麼樣的故事？」

三木從書架上隨手抓了幾本書，其中一本是他自己寫的。

「那本是你的《暗黑童話集》吧。那個故事我已經聽過了，我記得是一個很像真一哥哥和幸惠姊姊的故事。」

那是一篇名為〈人體九連環〉的童話故事。故事裡，好幾個人被一股腦放到盤子上站好，然後一個巨大的惡魔將雙手從兩側往中間用力一攏，這些人便全擠到一塊兒了。

被惡魔擠爛的人們糾結成一團，手腳歪扭，身體扯得長長的，脖子或腳後跟勾在一塊兒，成了一個龐大的聚合物，這些人就在掙扎著解開交纏的手腳中度過餘生。

瞳似乎覺得這情景很像地下室裡的久本真一和持永幸惠。

「我想聽別的故事。旁邊的文庫本，不對，我是說你右手拿的那一本。」

瞳希望三木念給她聽的，是一本有點歷史的科幻小說短篇集。三木坐到沙發上，念了一篇和書名同名的短篇給瞳聽。

短篇沒花多少時間就念完了。

「結局好可憐。」

瞳看來受了打擊，蒼白著一張臉。故事最後並不是幸福的結局。

「如果換做你是這個短篇的主角，你會怎麼做？」瞳問。

故事主角所面臨的是下述的條件與問題。

條件

・你獨自一人在一艘小型太空船中。

・你正在運送貨物到某星球的途中。這項貨物是血清，不盡快送到的話，許多人便會因此死亡。

・為了盡可能多運一點貨物，太空船只加了最低限度的燃料。也就是說，只有足以供應途中加速及降落時煞車所需的燃料。

・一旦太空船內發現偷渡者，一定得將其驅逐到外太空。因為偷渡者的體重將增加太空船的重量，如此一來便無法以最低限度的燃料進行煞車降落。你既不能將等同偷渡者體重的貨物丟棄，也不能破壞太空船。

問題

如果太空船裡出現的偷渡者是一個可愛的小女孩，你會將這個小女孩驅逐到外太空嗎？

「太空船不能折返喔，因為星球上許多人正等著這批貨物。如果不將偷渡的女孩子驅逐到外太空的話，太空船就沒有足以減緩速度的燃料，也就無法順利著陸了。就如同這個短篇一樣，是吧，難道沒辦法解救這個小女孩嗎？」

瞳閉起了眼，開始思考這個問題。

三木也想了一下之後說，真要救她，也不是沒有辦法。瞳的眼睛亮了起來，迫不及待地說：

「真的可以嗎？小女孩和星球上等待血清的人們都能夠獲救嗎？」

如果太空船內裝載的裝備、駕駛方法、偷渡小女孩的體重以及駕駛員自己的體重，各方狀況配合良好的話，就有獲救的可能。三木如是說。

首先，必須有工具好切斷小女孩的手腳。總之，有進行切割的必要。

「太空船裡是沒有斧頭的喔。」瞳說。

將女孩的手腳切斷，盡可能減輕總重，再將切下的手腳丟出外太空。這時，剛好有效運用到偷渡者只是個小孩的這個條件。體型小、體重輕的偷渡者，搭配體型大、體重重的駕駛員本身正是再好不過。

小女孩只剩頭與身體，因此駕駛員只要從自己身上切下等同女孩現在重量的肉體扔出太空船即可。這麼一來，最後太空船的總重就能夠壓在原本預估可順利著陸的重量之內了。

「可是，切下自己身體的話，就沒辦法順利駕駛太空船了呀。就算駕駛員切掉自己的雙腳抵女孩子的體重，減輕了太空船的負擔，卻也無法踩煞車了吧。」

雖然嘴裡這麼說，瞳臉上的表情卻是認同三木的。

「而且呢，你還忘了一件事，這一定要上麻醉的。如果直接把小女孩的手腳切斷，她可能會因為打擊過大而死。我想你應該控制不了疼痛。對，沒錯，不要以為每個女孩子手腳被切斷都還可以這麼鎮定。」瞳看了看自己的身體，加了一句，

「嗯，除了我以外吧。」

三木把睡著的相澤瞳抱進地下室。屋子的底層幽暗且潮溼，磚砌成的牆面布滿水滴，反射著微弱的電燈光線。

地下室的一個角落，從天花板垂吊下幾十條釣魚線，釣線頂端的釣鉤上黏著紅通通的肉片。那是金田正內臟的一部分，差不多也該開始腐爛了吧。

把瞳放到床上，包裹著她身體的布袋蠕動了一下。瞳說了夢話：

「媽媽……」

三木轉過身背對少女打算離去。

這時，從某個置物架的另一側傳來久本真一的聲音。

「你聽瞳提起過她的家人嗎？」

地下室裡，好幾個置物架將空間隔成一區一區的，真一和幸惠總是藏身其間某個角落。

三木來到他們跟前，正好面對真一的頭部，幸惠的頭部則在後方看不大清楚，不過似乎是在睡覺。

「瞳常在置物架那頭聊起一些回憶。像是跟家人一塊兒去露營、體育課跑馬拉松總是最後一名、媽媽總是把她最討厭的熱狗裝進遠足便當裡的事情。」

瞳經常提起過去，她似乎非常懷念過去有手有腳的日常生活。早上起床後自己拿梳子把亂髮梳直、自己用手拿杯子喝牛奶、和學校朋友用腳互相踢著桌腳玩。

每當瞳說起這些事情的時候，總會擺動著已經不存在的手腳，嘗試做出當時的舉止。

「猜猜我現在在做什麼。」

有一次，相澤瞳躺在沙發上對三木說。她的視線朝著自己的身前，布袋裡的左肩忙碌地上下擺動。

「看不出來嗎？很明顯是在做蛋包嘛。」

她用看不見的左手拿著平底鍋，有韻律地搖晃，好容易才看出原來她是在翻動蛋包。

「瞳是備受寵愛長大的。」久本真一說，「而你，曾經喜歡過誰嗎？」

三木回答說他不知道。

「你曾經跟我提過你小時候有一個好朋友，我想，你應該是喜歡那個人的吧？」

三木偏了偏頭不置可否。

久本真一露出非常寂寞的表情，壓低聲音接近耳語地低喃著：

「真的好難受。一想到她，我就不知該怎麼辦才好。我無法為她做任何事，真想死了一了百了。」

他愛著持永幸惠，但只能永遠隱瞞下去。只有在持永幸惠的頭部睡著的時候，他才能夠小聲地對三木說出自己的心聲。

久本動了一下巨大的身體。這個胴體比一般人類的長，將近有一公尺半，兩端分別連著久本真一的頭部和持永幸惠的頭部。是三木動手術把他們變成這樣的。

他們倆的身體是共用的，雖然本來各有單獨的個體。

「都是你為了試驗自己體內那種不可思議的能力，把我跟她搞成這副模樣。真不知道我是該感謝你，還是詛咒你。」真一發出悲慟的吶喊。

如果把不同的兩個人弄到一起不知道會怎麼樣？為了得出答案，三木於是進行了手術。

首先，他把真一的右手臂從手肘切斷，幸惠的左手臂也如法炮製，然後將兩個手臂切面接到一起。骨頭的部分用金屬零件固定住，血管和肌肉則用線連接起來。三木幾乎毫無醫學知識，只讀過爸爸的藏書，但沒過多久，切面便開始癒合，兩人的手臂就接在一起了。血管部分似乎也復原得很好，真一體內的血液透過心臟壓縮流出，流往右手肘，再經由相連的手肘切面流進幸惠的血管，他們兩人成了共用血液的生命共同體。三木並沒想過是不是剛好由於兩人的血型相同，結果才會如此順遂。搞不好就算他們的血型不同，還是會得到跟現在差不多的結果吧。

而且，肌肉和神經也開始一點一點從切面生長出來，滲入彼此的身體裡。兩人之間的界線已經愈來愈模糊。

兩人都還有意識，曉得彼此的存在，也知道自己的身體發生了什麼變化。他們是在這個地下室裡初次見到對方的，一位是三木在屋子附近發現的，另一位則是因為寄來一封透露自殺念頭的讀者來信，而被三木叫來的。

三木將兩人身體各個部位不斷地切斷再貼合。

最後真一和幸惠的身體成了一個詭異的大肉塊。兩人的身體部位各被切成兩、三塊再接合起來，而肚子就像是一個把兩人內臟裝進裡頭的袋子，看上去鼓鼓的，手跟腳則是縫合到非原本的位置上去。

相澤瞳被取下的手腳也移植到他們兩人身上。剛開始骨頭和肌肉都接不大上去，只有主血管順利連上兩人的體內，還能維持血行的暢通。

雖然一直以來，被三木弄傷的人似乎都能逃過腐壞的命運，但被切除掉的部分卻沒辦法，因為這些是從頭部或心臟這種三木認為具備生命意識的地方被切離開來的，這些切除物終將開始腐爛，最後與常人無異地化為黃土。

相澤瞳的手腳本來也會這樣的，但是因為與真一及幸惠的身體相連，血液得以循環，一直不見開始腐壞的樣子。剛開始這些移植過去的肢體並無法動彈，後來憑著真一或是幸惠的意志也開始能夠稍加控制了。

不知道什麼時候開始，兩人的體內慢慢長出像骨頭般的堅硬物質，支撐住本來屬於瞳的手腳。這個堅硬物的形式雖然像一般的關節，卻是全新的形狀。而且，肌肉與神經也伸入彼此身體，宛若植物的根一般相互交纏增生，銜接上去的手腳終於和肉塊完全融為一體。

一開始他們的行為幾乎只有睡眠，但沒多久，就連指尖部分都能夠清楚地用自己的意識來控制了。

三木問兩人，是由誰的大腦來控制瞳的手腳。

「我也不知道。可能是我，也可能是他。我現在腦子一片混沌，已經搞不清楚了。」

幸惠一臉彷彿在日照下打盹的昏沉表情。

看來這個同時具備了真一和幸惠兩個大腦的肉塊，並沒有清楚劃分由哪一方的意識來控制行動，而且奇妙的是，這件事似乎並不會造成困擾。

「我們經常在聊，當我們還沒連在一起的時候，各自獨立的內心是多麼害怕、多麼寂寞。」真一說。

真一是孤兒，沒有親人，長伴身畔的幸惠剛好給了他溫暖；而原本對生命感到絕望、打算自殺的幸惠，真一也得以就近鼓勵她。

「可是，你怎麼這麼殘酷，」真一忍住淚水說，「至少將我們兩個人的頭部縫再近一點也好……」

兩人的頭部以正相反的角度連在胴體的兩端。

在三木的面前，兩人組成的巨大聚合物蠢動著身軀，燈光映出他們的影子，在地下室牆上劇烈晃動。

「妳醒著？我還以為妳睡了。」

靠近三木這邊的真一頭部這麼說，於是從龐大身軀另一端、胴體的背光面傳出了聲音。

「唉，我們還沒找出來啊。」持永幸惠的聲音聽起來很痛苦，「難道就沒有比較舒服的姿勢嗎？」

他們倆一直在嘗試找出比較輕鬆的姿勢。

真一的臉朝上的時候，幸惠的臉頰就會貼到地面；而如果採取對幸惠來說比較輕鬆的姿勢，真一就得用突出的手肘支撐兩個人的體重，讓他痛苦不堪。所以兩人總是不時地蠕動軀體，想找出雙方都覺得舒適的姿勢。即使如此，似乎還是一定有一方得犧牲肉體承擔壓迫。

可能就是這樣，相澤瞳才會說他們跟《人體九連環》裡面的人很像吧。

「你所擁有的力量，究竟是怎麼回事？」真一繼續質問三木，「照道理，我們倆應該早就死了。你一定是神的孩子啊。被你弄傷的東西，在那一瞬間便逃過了死亡，從傷口甚至感受得到奔流而出的生命力。多麼可怕的矛盾。你總是能讓某個人繼續生存下去，超脫人類死亡的自然法則……」

三木轉過身，把真一和幸惠拋在身後。

走出地下室前，他望向堆在深處的木材和磚塊。

或許得將地下室入口封起來了，材料又是現成的。那些似乎是當初蓋這棟屋子用剩的磚塊，還多得是。

如果抓不到調查這屋子的訪客，就不得不這麼做了。

而有客人前來拜訪三木，是在幾天後……

2

雖然確定了潮崎就是凶手，我卻沒有指控他的證據。好幾次，我都想打電話報警，卻總是拿起電話又掛上。我想即使把我親身經歷並推斷出的結論告訴警方，他們也不會相信的。我沒有任何足以說服眾人的證據。

一整個星期，我都在收集關於潮崎的情報。話雖如此，總不能明目張膽地打聽，我想盡量避免引人注意的行為。要是他察覺我在懷疑他，相澤瞳就危險了。

「那個人曾說他結婚了喔。」

有天，在咖啡店「憂鬱森林」裡，住田這麼告訴我。他跟往常一樣坐在吧檯的位置，對著煮咖啡的砂織投以熱情的眼神。

「住田，你不用去學校嗎？」砂織好像在哄小孩似的。

「妳覺得我來這裡和去學校，哪一個重要呢？」

住田一臉很受傷的樣子回砂織。雖然我總是在一旁看而已，每次住田這麼說，店長木村就會發脾氣拿銀色圓盤打住田的頭。不過當然不是真的生氣，那時的木村臉上總是一臉鬧著玩的笑容。

「潮崎先生有太太？」我問。

住田指著掛在牆上的畫。

「妳仔細看，湖邊不是有一個幾乎看不見的紅點嗎？」

我把臉湊到畫前面。潮崎這幅畫裡，真的有一個看起來很不自然的小紅點，我之前一直沒發現。

「我老覺得那個小點看上去很像一個眺望湖景的女性身影，後來我跟潮崎先生提起，才曉得那就是和他結婚的女子。」

那個紅點在整幅畫裡不成比例地小，不貼近根本看不出來。看著看著，我也突然覺得很像一名站在湖邊的女子。女子身穿紅色的衣服，高度大概只有指甲那麼大。

於是一瞬間，畫裡的森林和湖泊都消失了。我的視線無法從紅點女子移開，周遭的背景簡直就像為了襯托她而存在。森林、湖泊一切宛如廣大的庭院，只為獻給被封閉在畫裡的她。

「只是我也不是很確定他是不是真的結婚了。」住田聳了聳肩。

關於潮崎的家人和過去等等，我都查不出有用的情報。是誰把那棟屋子介紹給他的？他為什麼要大老遠搬到這個鎮來？誰也不知道。

調查潮崎的這段時日，我一直住在舅舅家。每天和砂織或舅舅一起吃早餐，在走廊上擦身而過，在暖桌裡踢到彼此的腳。我一方面覺得打擾了他們，另一方面又覺得自己彷彿接替和彌住進這個家裡，厚著臉皮像自家人似地繼續住下去。

我每天都會打電話給爸媽，道歉兼反省自己的離家之罪。

「以前的妳從沒離家出走過。」

電話裡的爸爸總是十分為難；而我跟媽媽之間，即使透過電話也說不上話，兩人總在電話的兩端沉默不語，最後媽媽就會把話筒轉給爸爸。

「早點回來吧，妳還得定期回醫院複診啊。」爸爸說。

有時候我會暫時放下潮崎的事，轉換心情和砂織一起洗碗盤。在咖啡店裡或是在舅舅家，我們倆穿著圍裙並著肩，一邊無謂地閒扯，一邊把碗盤和杯子抹滿泡泡。

有一次她兩手正抱著一大落餐具。

「啊，要滴下來了滴下來了……！」砂織大叫。

鼻水從她鼻子流了出來，但她卻空不出手來擤鼻子。

「來，這樣可以嗎？」

我拿面紙湊上去，幫她擦了擦。她帶著小孩子般濃濃的鼻音向我道謝。

有天晚上風很大，外頭風呼呼地吹，我們兩個窩在家裡玩撲克牌。單靠暖桌跟暖爐還是抵擋不了寒冷，於是我們兩個都穿上厚棉外套，面對面縮起了背。四下只聽得見風聲，世界彷彿只剩我們兩人。

砂織打出一張黑桃A，一邊問起和彌跟我的事，她似乎一直很想知道自己所不了解的和彌。每次我都努力把話題岔開，然後砂織就會突然笑出來，搞不懂她在想什麼。

「我想起來了，和彌有一次還吃撲克牌呢。」她一邊發著牌說。

「那時候他還很小，我因為是姊姊，總覺得自己得好好照顧他才行。」看到和彌開始嚼紙撲克牌，她不知道該怎麼辦才好。砂織滿臉幸福地回憶當時的事。

我邊笑邊點頭，胸口滿塞著對砂織與和彌的愛，強烈到我幾乎哭了出來。

「砂織，妳記得妳爸媽的葬禮嗎？」輪到我切牌，我一邊問她，「和彌曾經告訴我一件奇怪的事。喪禮那時候，和彌和妳並肩站在家附近的山丘上，從那裡往下看，可以看到很多穿黑色喪服的人……」

那是我在左眼裡看到的影像。

一名穿著喪服的年輕人，來到佇立山丘的姊弟身旁。他對兩人說了一些話，砂織聽完眼眶濕了，而年輕人的眼神也十分悲傷。

我一直很想知道那時年輕人到底說了什麼，因為左眼球裡的影像是沒有聲音的。

年紀尚小的砂織流著淚，那名年輕人將她緊緊抱住。

「有過這回事？是好像有那麼點印象。」砂織雙手撐住下巴，閉上了眼，「那個男生，我沒記錯的話，就是爸媽意外的肇事者；那個沒把堆高的木材用繩索綁牢的男孩子……」

砂織說那個年輕人非常可憐，其實仔細想想，那時候他也只是個高中剛畢業的孩子。他不斷地向砂織跟和彌道歉，把自己離開家鄉來到這個鎮打工、還有家中父母親的事等等全告訴了兩人。

「他為什麼要告訴妳這麼多事？」

「他一定是，很想說給什麼人聽吧。」

年輕人在喪禮結束兩星期後上吊自殺了，遺書裡寫著他以死謝罪的心意。

砂織平靜地述說著。

調查潮崎資料的空檔，我會帶著記錄左眼記憶的活頁本在鎮裡四處走。活頁本很重，背著它走在路上，不禁覺得自己像個苦行僧似的。

我應該盡快找出潮崎綁架及軟禁相澤瞳的證據才對，卻無法停止自己像這樣追尋和彌的過往足跡。

走在鎮上，佇立在和彌曾見過的風景裡，拜訪和彌上過的小學，任懷念不已的往事在腦中馳騁。

貫穿整個鎮的國道旁有一家超市，超市後方牆壁和鐵絲網之間有一道狹小的空隙，少年時的和彌經常鑽過這裡，而我，也跑進去那個地點。因為我的視線比當年的和彌要高得多，無法看到和左眼影像裡一模一樣的景色。即使如此，我仍感覺自己彷彿成了少年時代的和彌，內心激動不已。

在電線桿成排豎立的路上漫步，在無人的公園裡靜靜聆聽。

這是一個以林業生產為主的鎮。鏈鋸聲中，我見到了伐木的景象。身穿工作服的男子手持高速運轉的鏈鋸，鋸刃慢慢深入樹幹，木屑不斷往兩旁飛散。本來想靠過去看個仔細，但男子說太危險了要我退遠一點。好一會兒，終於傳來樹幹折斷的咯吱咯吱聲響，樹木砰然倒地。

我從背包拿出活頁本，邊走邊看，它就像我的導覽書一樣。

我單手捧著夢境紀錄，用另一手翻頁。因為戴著手套，翻頁變得很吃力，手臂也因為活頁本的重量而酸痛不已。

就這麼冒著冷風邊看邊走，在離開住宅區一段路程的地方，我發現一段已經停止營運的生鏽鐵道。滿是枯草的小丘上鋪著整條碎石路，上頭鏽紅的兩道鐵軌無止盡地往遠方延伸。

我把活頁本收進背包，跳上其中一條鐵軌，小心翼翼地走著。聽說喪失記憶之前的我運動細胞超強，然而現在卻走沒幾公尺，便搖搖晃晃地從鐵軌上掉了下來。

站在這個廢棄鐵道的小丘上，位於山間的楓町一覽無疑。這個鎮與和彌見到時的樣貌已經不同了。少了一些道路，多了一些新房子，有時候就算發現左眼看過的景象，背景也會出現活頁本裡不曾出現的房舍。

一些現在已經看不見的景象，卻留在左眼的記憶裡。從和彌身上移植過來的左眼宛如一整塊過去的聚合物，像顆糖果慢慢地溶解，朝視神經流去。

廢棄的鐵道一路延伸到接近森林的地方終於中斷，那兒是我曾在車站月臺上看過的地點。季節不同的關係吧，背景成了一整片枯木。即使如此，那節廢棄的車廂仍然留在原處。冷風吹拂，少了小孩的嬉鬧聲。寂靜中，巨大的生鏽鐵塊躺在左眼記憶裡一模一樣的位置。

我吐著白色氣息往車廂跑去，鑽進了車廂。冷風被阻擋在外，稍微覺得暖和了些，不過車廂裡卻出乎意料地空空蕩蕩，連座位都拆掉了。左眼的影像裡沒能看到，原來這節車廂一直只剩個空殼被丟棄在這裡，突然覺得有點寂寥。

對了，和彌就是在這裡遭到其他小朋友排擠。大家不肯跟他一起玩，我想起來了。

左眼記憶裡的他，經常都是孤單一個人。雖然也有過和朋友玩的影像，但是最常看到的還是他獨自一人走著的畫面。還是說，其實每個人烙印在瞳孔裡的影像都是這麼回事？

然後我前往製材廠。因為猶豫要不要進去，我站在廠房前看著和彌爸爸從前工作與喪命的地方。整個廠區有鐵絲網圍住，但濃到幾乎嗆鼻的木材香氣仍瀰漫四下。我將砂織借我的圍巾圍住口鼻，雙腳不停地原地踏步以抵擋寒冷，一邊想像著廠內的景象，裡頭應該到處都是木屑吧。

真的很湊巧。我正望著大概是製材廠辦公室的門口，竟然出現一個熟識的女子身影，是砂織。我揮手出聲喚她，她滿臉驚訝。

「其實很少過來這裡了，只是偶爾有些爸媽的事情想請教他們。」

砂織說之前和父母一起工作的夥伴還在這裡上班，所以會來找他們聊聊從前的事。

於是我們一道走回咖啡店「憂鬱森林」。一路上砂織非常安靜，大概是想起了過世的雙親和因為事故而內疚自殺的青年吧。

推開「憂鬱森林」的大門走進店內，先看到的是木村，還有好幾位從沒見過的客人。

雖然算不上生意興隆，聽說店裡有時候還是會像這樣突然湧入一些客人。

正打算坐過去吧檯，一瞬間我僵立在原地。暖氣房裡溫暖的空氣、柔和的黃色光線，一切彷彿瞬間消失。

店深處陰暗的座位上，坐著潮崎。他交握著十指、雙肘撐在桌面一動也不動，不禁覺得他是不是感覺不到店裡進進出出的其他客人。
我緊張死了，真想乾脆離開這裡，但才剛走進來，那樣舉動太不自然了，我只好靜靜坐過去吧檯前。
「菜深？」
我一時間還沒發現砂織在叫我，她一邊繫上圍裙帶子問我說：
「吃過午餐了嗎？要不要點些什麼？」
我說我想吃。
明明叫自己不要看潮崎那邊，視線還是忍不住移了過去。
我的午餐快吃完的時候，眼角餘光看到潮崎站起身來。他的鞋子踩著木頭地板發出聲響，腳步聲經過我背後的那一瞬間，我不禁屏住氣息。
正要通過我身後，他的腳步聲突然停了下來。
「白木小姐，好久不見了。」
我使勁猛點頭，腦中卻浮現被軟禁的相澤瞳和死去的和彌。我心中雖然憤怒，有的卻是更多的恐懼。我簡直就像一隻只能緊閉雙眼、靜待怪物從身後走過的小動物。
潮崎終於步出店門，我嘆了口氣，為自己的沒種感到悲哀。
京子剛好和潮崎錯身走進店裡，她手裡拿著一本精裝書，看到我便揮手向我打招呼。

她坐過去平常的位置，對吧檯裡的砂織說，「砂織，給我綜合咖啡喔。」

「好的……」

總覺得砂織的聲音沒什麼精神。

窗邊的座位上，京子打開了書本。

砂織沉默不語的時候，逝去親者的身影正在她腦中甦醒。當然她不曾清楚提過這件事，但看在我眼裡總不由得這麼覺得。

像是她常會呆呆地望著客廳窗外。舅舅家因為蓋在斜坡上，可以俯瞰家門前的道路。即使路上沒有任何人經過，砂織的視線卻總是看著出門上學的和彌、或是外出上班的爸爸。

她也會一直站在洗衣機前盯著發出嗡嗡低鳴的洗衣機直看，砂織的意識一定正望著洗衣機另一頭的媽媽的身影。雖然現在住的舅舅家和他們父母家是兩個不同的地方，她的眼神卻揮不去這種感覺。

這種時候，我都沒辦法出聲喚她。砂織的背影因為悲傷，更顯纖細而疲憊。

我從左眼裡看著過去，而砂織則是在腦海中擁有過去的影像膠卷。或許就如同我渴望和彌曾經看過的影像，砂織也仍舊深深想念著已經逝去的人吧。

「都已經過了兩個多月，和彌的死對我來說還是沒有真實感。為什麼呢？是因為我沒那麼難過嗎？」

某天在舅舅家裡，用過晚餐後砂織這麼說。那天舅舅比較晚回來，晚餐時只有我們兩人。沒有電視的聲音，悄然寂靜的黃昏中，砂織的話語與吸著鼻子的聲音顯得更加清晰。

和彌生前常用的杯子放在暖桌上，我們倆一直望著這個杯子。

「妳說反了吧。應該是因為沒有真實感，所以才不難過的，不是嗎？」

「菜深，妳真的很不可思議耶，」砂織驚訝地轉過頭說，「怎麼跟弟弟一直在我身邊一樣。」

說完她旋即搖了搖手，像在說，「算了，當我沒說吧。」

「對了，不知道妳曉不曉得，和彌的眼球現在應該已經移植到某人身上了。」

這是我最感興趣的話題。

「他的一隻眼睛在意外發生後被取出來，送到某個地方去了。這是和彌生前的願望。」

「他一直這麼期望著嗎？」

「大約在一年前，那孩子因為長針眼去眼科報到，結果一邊眼睛戴了一陣子眼罩，大概三天左右吧。」

聽說和彌在醫院裡看了眼球移植的簡介小冊子，便決定成為眼球捐贈者。

「和彌的眼睛非常漂亮，總是睜著一雙大眼睛盯著東西看。」砂織像是一邊回想喃喃地說，「不知道那孩子這輩子都看了些什麼東西？」

砂織總是不停追憶逝去人們的身影。

在咖啡店裡，每當住田用充滿朝氣的聲音向她打招呼，砂織總會回以笑臉。剛開始我並沒有特別的感覺，但一直在身旁觀察她，慢慢地我覺得砂織的心似乎總是傾聽著逝者的聲音。因為有時候話說到一半，砂織的眼神還會望向和彌從前常坐的座位上。

過往逐漸流逝，死去，消失無影。如同道路或鐵道漸漸從鎮上消失，人們也逐漸凋零，然後成為一個和以往有些許不同的另一個世界。但砂織的時間卻彷彿停了下來，腦中不斷縈繞著那些已經不存在的人們。

砂織心中那個時間停止的世界，不禁讓我想起和彌的遺物，那只撞壞的金色手表。

而舅舅也一樣。

我現在住的客房隔了一扇紙門的隔壁房間裡擺著佛壇，佛壇上供著和彌、和彌的父母和舅媽的照片。

一個寒冷的早晨，我還賴在棉被裡享受暖烘烘的幸福，隔壁房間傳出了聲音，我起床爬上前將紙門拉開來一探。舅舅正在整理佛壇，只見他虔誠地雙手合十。

「把妳吵醒啦？」舅舅看到我說。

我搖搖頭，慢慢挪過去舅舅身邊，跪坐合上雙手。舅舅好像覺得我還沒睡醒。

「老婆在世的時候，我曾經動手打她。」舅舅的聲音聽起來很虛弱，「原因我已經忘記了。不知道為什麼，以前我動不動就發脾氣。」

我望著舅媽的遺照，她是傷風過世的。

後來我也不時見到舅舅在打掃佛壇，又不好出聲喚他，只能靜靜看著舅舅瘦小的背影。

舅舅內心一直很後悔。

有一天，我幫忙咖啡店顧店。因為砂織剛好外出，木村便臨時抓了我進吧檯代打。不過說是顧店，那天「憂鬱森林」幾乎沒客人上門，所以我的工作就只是聽木村發牢騷，還有阻止木村欺負住田而已。

過了一會，木村也不見了。

「住田，幫我看一下店。」

我把圍裙脫下來交給住田，想去找木村回來。

「啊？等一下呀！那我要做什麼？」

住田睜圓了眼，一副很傷腦筋的模樣。

木村在店後面不知道忙些什麼，靠近一看才發現他竟然在晒鞋子，而且是很多雙，全是穿舊了的鞋，總數應該超過三十雙。木村把鞋子攤在陽光下排成一列，從小學生穿的小號鞋到尺寸大一點的鞋，各式各樣的。

「這些是什麼？」

「我朋友留下來的鞋。我有個朋友，他的怪癖是保留所有自己穿過的鞋子。那傢伙已經死了，倒是這些鞋都還留著。」

木村說他有空的時候，就會把這些鞋子拿出來排在地上晒太陽。外表長得像熊一樣粗壯的木村，沒想到心思卻這麼纖細。

「這是按照他穿過的順序排列的。靠左邊是小時候穿的鞋，最右邊則是死前穿過的鞋子。妳看，我們兩個是在他穿這雙皮鞋的時候認識的。」

木村指著靠近左邊的一雙小鞋子，接著他又指往右邊隔了好幾雙距離的另一雙鞋說：

「他常穿這雙鞋的那陣子，這家咖啡店開幕了。不過那時候我還不是店長，這間店是我一個叔叔開的。」

這一整排的鞋子裡藏著歷史，簡直像年表一樣。

木村指著右邊那雙看起來最新的鞋子。

「我朋友脫下這雙鞋，從鐵橋跳下去自殺了，鞋子還留在家裡的玄關。那傢伙自殺的那天晚上很冷，還光著腳從家裡走到鐵橋去。」

聽到這段往事，我回店裡從背包抽出活頁本。木村這一席話，讓我想起曾經在左眼裡見過一段奇怪的影像。

「妳在幹什麼？」

住田瘦弱的身形繫著圍裙，興致勃勃看著我。他出乎意外地很適合穿圍裙，應該能夠當個好主夫吧。

「這本是祕密，不能給你看的。」

我把活頁本拿到他看不見的地方，偷偷翻開來確認內容。

本來還以為我記錯了，沒想到是真的。那個晚上，和彌的眼球真的看到了。

當時和彌下了課，推著腳踏車走在微暗的路上。他騎腳踏車上學是在國中的時候。

街燈下，他和一個迎面走來的男子擦身而過。那個人邊走邊抬頭看天空，和彌還有身旁的事物似乎都沒有映入他的眼簾。

奇怪的是，那名男子光著腳。

我曉得其實在和彌身上，曾經發生過一些人們稱為開端或是前兆的事。

那是在我猶豫要不要再去潮崎家進行調查的時候。我走在通往潮崎家的蜿蜒斜坡上，走過和彌喪生的地點，還看到通往京子家的岔路。兩側一片寂靜的杉樹林，無止盡延伸的林木彷彿吸走四下一切的聲響。

一輛車子從後方接近。該不會是潮崎吧，我不由得僵直了身子。結果是一輛我沒見過的輕自動車。

車子在我前方停下，男子從駕駛座車窗探出頭問說：

「不好意思，想跟妳問個路……」

我正打算走上前，左眼卻忽然開始發熱。朝向停在杉樹林旁的車子走去的這幅光景，正好與隱藏左眼中的影像重疊。

我來到這個鎮上之後，體驗過無數次左眼的記憶復甦，已經很習慣眼中影像的突然出現了，於是我不動聲色走近駕駛的男子。

「不好意思……這附近的路我也不大熟，真是抱歉。」

我對著右眼看到的男子說。

而左眼裡，和彌正走在杉樹林夾道的馬路上，我猜想搞不好就是我現在身處的這條路。前方停著一輛車，剛好和我現在眼前的畫面一樣。他繼續走，逐漸接近那輛車，經過車旁。

每當右眼和左眼的畫面有所出入，我常會失去平衡而腳步不穩，所以只要左眼的記憶開始出現，我都會閉上雙眼。但那次因為還有外人在，我無法這麼做。

「是嗎……那，這條路一直下去，應該會通到鄰縣吧……？」

正想點頭，一瞬間我的心臟都快停了。

左眼裡，那輛和彌眼中映著的車子。和彌走過車旁的時候，視線不經意掃過後座車窗。一個女孩平躺在後座，雖然眼睛閉著，但那正是我見過無數次照片、長相牢牢印在腦海的相澤瞳的面孔。

和彌卻沒特別留意，視線很快便從車窗轉移至前方，既沒有望向駕駛座，也沒看車牌。

左眼的記憶到這裡結束。

我聽不見問路男子的聲音，驚慌之中腦袋一片空白，無法理解他問了什麼。最後他終於放棄，開車走了。

和彌在偶然間曾經目睹搭載相澤瞳的車子，當時他應該還沒聽過相澤瞳這個名字吧。剛才的影像裡，她的手腳還在嗎？我沒能進一步確認。

和彌一定是後來才在新聞還是報紙看到相澤瞳的照片，不知道是在她剛被綁架的時候，還是才在兩個月前發現的事，不過不管如何，和彌因此想起了躺在轎車後座的少女。

和彌原本就知道那輛車是潮崎的嗎？剛才在影像裡看到的車，跟潮崎現在開的車並不是同一輛。他有可能換了車，或者是他有兩輛車吧。

這麼說來，說不定目睹那輛車的地點正是通往潮崎家的路上，這樣便能夠解釋和彌何以推測出那棟藍磚屋就是凶手的家了。

我打算著手調查通往潮崎家的這條馬路，說不定可以找到剛才影像裡的同一個地點。然而整段路盡是杉樹林夾道，看起來全都很像，很難確定是那個路段。結果我終究毫無斬獲，只好打道回「憂鬱森林」。

回咖啡店途中，在通往京子小姐家的岔路口竟然遇見砂織。我出聲叫她，她也一臉訝異地看著我。

「今天又該出來外送了呢。」她說道。

有一天，潮崎把大衣忘在咖啡店裡，木村發現他的大衣還披在椅背上。猶豫了一會兒，我終於鼓起勇氣對木村說，「我送過去潮崎先生家好了。」

「不用啦，反正他明天還會來。」木村說。

但我卻不能錯過這個機會，拜訪他家的正當理由可是千載難逢。幫他送失物過去，說不定就能順利進去他家調查而不會引他起疑。

最後還是決定由我把大衣送去潮崎家。

而在一旁聽到整段對話的住田則負責載我去藍磚屋。住田的車穿過潮崎家大門，開進圍牆內。雖然心裡明白不必擔心受到質疑，但隨著車子愈來愈接近屋子，我還是不安得不得了。

屋子前方是一大片鋪著細石子的空地，潮崎的黑色轎車就停在上面。車子只有這麼一輛。住田將車停在潮崎的車旁。

我下了車，從屋子正面抬頭仰望外觀。整棟屋子不及城堡那麼大，應該說屋子四周密集的枯樹林還要來得高一點。樹葉落盡的枯樹樹枝非常細，宛如根根倒豎的髮絲，而屋子就蓋在這些枯樹環繞之中。

因為太陽的角度，正好在屋子正面形成陰影。藍色的牆染上黑影，整間屋子成了一塊巨大的陰影，彷彿空間在那個位置開了個大洞。深邃的黑影讓我深深體會到，如果世界破了一個大洞，洞裡頭一定正是這般無垠又虛空的黑闇吧。

而相澤瞳就在這棟屋子的地下室裡。一想到這點，我忍不住全身顫抖。

「只是拿給他而已，很快就好了吧？」住田說。

看來住田並沒打算離開駕駛座，他顯然一點也不想走出開了暖氣的車內。

但有他在身邊多少能幫忙壯壯膽。

「你也一起嘛！」

他假裝沒聽見。

沒辦法我只好自己抱著大衣走近屋子。我偷偷探了一下大衣口袋，裡面什麼也沒有。

我緊張不已，站到玄關前。門是黑色的木材製成，門把則是金色的。
按下門鈴，屋裡響起一陣澄澈的鈴聲，連站在外頭玄關都聽得見。
沒多久潮崎出現了。他戴著一副細邊眼鏡，鏡片後面銳利的眼神俯視著我。
我的心跳加快，口非常乾，支支吾吾地告訴他我是幫他送大衣來的。
「謝謝妳。」說完他望向我身後的車子，「那是住田的車吧，他也來啦。」
這是我第一次感覺有人陪在身旁是多麼令人安心的一件事。這麼一來，他應該不可能對我出手了。
「都特地來一趟了，要不要進來喝杯咖啡？」
我答應了潮崎的提議。
我回車旁告訴住田潮崎的邀約，他一臉睡眼惺忪地下了車子。
我們進了屋子。因為是西式建築，入內好像不必脫鞋。
這是我第一次參觀屋子內部，牆壁和地板都很樸素，既沒有水晶燈，也沒有紅地毯，反而散發著一股修道院還是舊學校的冷冽感。
建築的古意有著揮之不去的陰鬱。室內的光源並不是亮白色的日光燈，而是昏黃的燈泡。整個屋子內部觸動我心底深處某根不安的弦，它微微顫動著。
我和住田被帶進客廳，中央擺著沙發和矮茶几，靠牆有一座低矮的書架，架上滿滿全是外文書籍。

牆上掛著一幅裱著黑框的畫，一問之下原來是潮崎自己畫的，畫裡是一名老者抱著裝有蘋果的袋子。

潮崎端出了咖啡。

我張望屋內各個角落，一邊確認是否有引起左眼發熱的地方。然而，記憶的箱子並沒有打開。是因為和彌不曾踏進這棟屋子嗎？

「很舊的家具耶。」住田撫著客廳那座都快塌陷的沙發說，「這個，尺寸這麼大，我家裡應該放不下吧。」

「這裡所有家具幾乎都是之前住這裡的人留下來的。」潮崎說。

「那以前住在這裡的人，也是從上一個住戶那裡接手家具的嗎？」

聽我這麼問，潮崎偏著頭想了一下說：

「因為沒見過他，我也不是很清楚。」

潮崎是大約半年前搬進這棟屋子的，而相澤瞳失蹤的時點是一年前，所以他是把相澤瞳一道帶過來這裡的吧。

住田和潮崎聊得正起勁，我若無其事地佯稱要去洗手間。向潮崎問了廁所的位置後，便走出客廳。

我心想，要刻意忘掉廁所的位置簡直輕而易舉，而且以此為由不小心打開別的房間門，也完全不會啟人疑竇。

我走在走廊上，一面確認四下無人，一面打開每個房間門。我很想走進房間裡好好調查，但又擔心被潮崎發現，還是算了。我打開每個房門都只大略看一下，確認房裡沒有東西就立刻把門關上。有些房間看起來像畫室，有些則空無一物連家具都沒有。

整棟屋子的內部非常大，走廊像是動物的消化器官彎彎曲曲的，建築結構應該不是太複雜，但我卻幾乎在交錯的走廊間迷了路。踏在黑色地板上，甚至有種走廊也將懶洋洋地像腸子蠕動似地動起來的錯覺。

相澤瞳說不定就在屋裡某處，想到這兒，我幾乎喘不過氣來。明明就離她這麼近，卻無法救她出來。我心中焦急不已。

屋子中央有一座樓梯，天花板是挑高的，二樓的走廊設有扶手。上面有什麼東西呢？不過我畢竟沒有走上樓的膽子，如果好死不死被潮崎發現我在二樓，不起疑心才怪。

我又打開另一扇房間門。沒有時間了，我一邊焦急著必須盡快回到潮崎他們所在的客廳。

在這間房裡，我看到了一樣東西。

牆上掛著一套應該是女性的衣服，樸素的綠色上衣，黑色的裙子。會是誰的呢？

正當這麼想的時候，突然覺得背後有人。一回過頭，是潮崎。

「這裡放的是我太太的東西。」

雖然人已經死了，東西卻捨不得丟掉，他說。

「對不起，我迷路了……」

我急著跟他解釋，恐懼得不敢看他的眼睛。

「菜深，該回去了。」

住田出聲叫我。

在潮崎的目送下，我坐上住田的車，離開了藍磚屋。車子駛下杉樹林夾道的坡路。

「可是，潮崎上次說屋子的牆壞了要修補，還去店裡買了一些工具……」

我低聲自言自語著。沒錯，他之前確實說過牆壁在地震時震壞了。

「修補……？」住田邊開車邊問我，我試著問他鎮上是不是真的發生過地震。

「是有過地震沒錯，不過只是很輕微的。」

至少就我們兩人剛才視線所及，那棟屋子裡應該是沒有任何損壞的牆壁。

3◆某童話作家

三木目送客人的身影離去，然後關上大門，把門鎖上，走上樓梯來到二樓書房。

「客人回去了嗎？」

瞳在沙發上說：

「是那個最近在屋子附近進行調查的訪客嗎？」

不曉得，三木搖搖頭。

「是怎麼樣的人？」

要解釋又覺得麻煩，三木於是什麼也沒說。

「嗳，我剛剛沒有出聲求救，不是為了要救你喔，你可不要誤會了。如果我剛才大叫的話，你現在應該已經在殺那個客人了吧。」

才剛說完，瞳又改口說：

「我說錯了，你並不會殺他的。因為對你來說，應該很難把什麼東西給殺死吧。」

三木對她說其實也沒那麼難，頭切下來就好了。

「可是，那種死狀的屍體被人發現的話不是很麻煩嗎？」

那就偽裝成意外，三木說。

把人從高處推下，或是用機器切斷，都無法奪走性命。即使三木是間接下的手，對方還是死不成。三木自己開車把人碾過去也是一樣。

不過如果先把對方灌醉或是餵他安眠藥，讓他自己衝到奔馳的車子前面，或是帶到海邊等他自己失足落海，狀況就不一樣了。

前者的話，凶手不是三木，而是車子的駕駛；而後者則是自殺。只要三木不是親自動手，那股不可思議的力量就不會生效。

「你試過了嗎？」

一直不見三木的回答，瞳於是一臉那我明白了的表情。

三木回想剛才和客人的對話。前幾天接近屋子的訪客，就是剛才登門的人嗎？談話的內容都只是再平常不過的閒話家常，無法確定自己是不是已經受到懷疑了。

最糟的狀況，搞不好必須放棄這棟屋子，又再搬到新的地方去。

能夠鎖定這次這位訪客，封住對方的嘴嗎？成功的話，就沒有搬家的必要了。

4

我決定回家一趟。一方面是爸爸要我回醫院接受檢查，再者我要是再不回去，總覺得拖愈久似乎會愈難踏進家門。

其實我的心情很沉重。自從在醫院睜開眼睛到那個家生活，幾乎沒有快樂的回憶，盤據我腦海的盡是和彌生前見過的風景、砂織和這個城鎮的過去。

我告訴砂織我要回家一趟的時候，她一臉落寞地說：

「這樣也好，妳畢竟是有父母的啊。」

「我可以再來找你們嗎？」

「什麼時候？」

「四天後。」

砂織非常訝異。

「妳就那麼討厭那個家嗎？」

我是真的打算馬上再回這裡來。還有非常重要的工作沒完成，我非救出相澤瞳不可。只是現在關於問題的進一步處理，我還沒理出頭緒，正在思考該如何找出證據證明潮崎就是凶手。

「菜深……」砂織認真地說，「妳從沒跟我講過妳家裡的事，我很擔心妳是不是和家裡的人處不好，才逃家跑到這裡來的，但是這樣不行呀。」

我小心翼翼地問她：

「……妳的意思是叫我不要再來了？」

「不是的，我是希望妳能和父母好好談談，談過之後再回來這裡。」

住田開車送我到車站。和第一次來這裡那天一樣，我坐在前座一路瀏覽這個鎮的風景。杉樹林、鐵塔、山與山之間的橋梁，景色在車窗外快速地移動，沒多久就到了車站前一帶。大學、市民醫院、各式各樣的商店一間接一間。

「菜深，妳還會回來吧？」住田將車停在站前的角落。

「到時候打電話給我，我會來接妳的。妳不在砂織一定會很寂寞。因為只要妳在店裡，一切就好像和彌還活著的時候一樣美好。」

「美好？」

「總覺得，妳似乎完美地填補了和彌從前的位置。」

我試著問住田關於和彌的事。他是在和彌過世前一年左右跟和彌成為朋友的。

「距今正好一年前，有天晚上我扶喝得爛醉的和彌回那家咖啡店去。」

「這個我聽說了。那一天是你初次認識和彌跟砂織，對吧？」

「嗯，不過和彌醒來以後完全不記得這件事，連我是誰都忘了。」

他失聲笑了笑。

「後來，我們常會約出來車站附近玩，或是一起看電影。」

悶熱的夏日裡，兩人跑去遍地青草的山丘。住田蹺課沒去大學上課，和彌那陣子也是大學休學，每天只在家附近閒晃。兩個人湊在一起也沒特別做些什麼，不過是用石頭丟著空罐玩兒而已。

「……這麼說來，我們兩個還真沒幹過什麼正經事，了不起丟一丟石頭。真像廢物啊。」

住田喃喃自語，看上去有點落寞。

「沒那回事，那樣很令人羨慕的。」

我覺得住田口中那種無所事事、遊手好閒的時光非常棒。單純地享受夏日的陽光、感受著時間的流逝，是很棒的一件事。

「謝謝你跟和彌成為好朋友。」

下了住田的車，我朝他揮揮手，往車站入口走去。

住田車上掛的烏鴉鑰匙圈，突然讓我想起咖啡店裡的童話故事書，書裡烏鴉叼著小孩眼球的插畫令人印象深刻。下次回來的時候，來讀那本書吧。

搭上新幹線幾個鐘頭後。

我回到離家最近的車站，已經是黃昏了。穿過剪票口走出車站，西方的天空紅通通的一片，彷彿用染了色的燈光映照整條商店林列的街道。

我踏著沉重的步履走在回家的路上。砂織雖然諄諄叮嚀過，我還是不曉得該和父母親說些什麼。好幾次我停下腳步，甚至想是不是假裝我已經回過家，直接回楓町去好了。

不過，已經跟爸爸講好我今天會回家了，我不想改變預定的計畫。

我回到掛著「白木」門牌的家門口。抬頭看了看屋子的外觀，感覺有點陌生，有點新奇，雖然我們家和一般住宅區裡的屋子沒什麼兩樣。

我按下玄關的門鈴，媽媽出來應門。一見到是我，她臉上的笑容霎時消失，表情很複雜。

「……我回來了。」

媽媽別開視線，默默地點了點頭，讓我進屋。

我不知道該怎麼辦，不知道該說些什麼。我跟在媽媽身後走在走廊上，拚命忍住想哭的衝動。

我並不討厭媽媽，但我一直都知道媽媽很討厭我。我知道自己必須開口說些什麼，卻害怕著說不出話。媽媽是不是會假裝沒聽見我說的話？我忍不住這麼想。

「回來啦。」在客廳的爸爸對我說。

「……對不起，我不應該擅自離家的。」

爸爸的表情看起來五味雜陳，只是說了句，「真拿妳沒辦法。」

三個人的晚餐時間。剛開始媽媽完全不發一語，而爸爸則是找些話來緩和氣氛，我也偶爾搭腔個幾句。對爸爸，我有種說不上來的歉疚。

「妳這段時間都去了哪裡？」爸爸問。

之前打回家的電話，我連自己在什麼地方都沒告訴他們。

「我借住在朋友家，他們家在山邊。」

接著我把砂織、咖啡店「憂鬱森林」、木村跟住田的事告訴爸爸。

我還把我和砂織一起玩撲克牌、還有住田常常被木村用圓盤子打頭的事告訴爸爸。說著說著，我臉上不禁盈滿了笑意。不知道為什麼，只要說到和大家相處時發生的事情、感受到的事情，我的話就停不下來。

我發現整段時間，爸爸一直把手肘撐在桌上，托著下巴專注地看著我。

「太好了，看妳這麼有精神我就放心了。雖然妳並不是以前的妳，不過看到妳能夠像以前一樣開心地笑，爸爸很欣慰。」

媽媽似乎坐立難安，站起身開始收拾碗盤。

夜裡，我走出自己的房間，聽到一樓傳來爸媽吵架的聲音。雖然聽不清楚他們在吵什麼，不過似乎是為了我而吵，對話中隱約可以聽到「菜深」和「那孩子」幾個單詞。

一片漆黑之中，我坐在樓梯上，好一段時間只是聽著兩人的爭論。我還沒弄懂兩人吵架內容的來龍去脈，爭吵就結束了，樓下的燈也關了，整個家被全然的黑暗與寂靜籠罩。

很冷，但我還是繼續坐在樓梯上，思考著自己是有父母的這件理所當然的事。

就在剛剛之前，我還一直覺得這個家裡的爸媽其實不是我真正的父母。或許因為我喪失了記憶，會這麼想也不奇怪吧。但是當砂織要我好好跟父母談的時候，我心裡還是很懷疑父母親是不是真的那麼重要。

但是，他們倆卻為了我的事吵架，為我想了許多許多。雖然我不清楚他們的爭論內容對我來說是幸還是不幸，不過發生爭吵這件事情本身，對我來說就是重要的。之前我也曾幻想他們是關心我的，但那總像是別人家的事。然而現在，雖然我不記得了，我想我終究是他們倆的孩子。

記憶是很不可思議的，醫生說。

我回醫院接受眼球檢查，就是之前外公透過非正式管道為我安排手術的那家醫院。我帶著懷念的心情，和留著短髭的老醫生面對面。

醫生用大拇指拉下我的左下眼瞼，弄得我像在扮鬼臉似的，然後要我上下左右移動眼球。移植過來的左眼雖然被我用在非一般用途上操得很凶，看樣子是沒什麼大礙。

「應該不會突然眼睛疼吧？」

醫生所有這一類的問題，我的回答全都是點頭。

「那記憶恢復了嗎？」

「……還沒。」

「是嗎，說不定過一陣子，就會一點一點恢復了。」

我嚇了一大跳，因為之前從沒想過恢復記憶這檔事。

「因為人的大腦是很善變的。」

醫生告訴我他一位腦外科醫生朋友所治療的患者的事。

那名患者因為摩托車車禍而產生記憶障礙，完全忘記過去十年發生在自己身上的所有事情，而就在他展開新生活的兩年後，喪失的記憶卻慢慢開始回復。

「有些人是突然一口氣回想起所有的事情，有些人則是慢慢片斷地恢復記憶。當然，也有人無法恢復，曾經就有病例因為不記得愛人而以分手收場的。不過妳還年輕，搞不好哪天就會想起以前的事情也說不定。」

我認真地思考自己恢復記憶的模樣。我會回復成以前的「菜深」，真是難以想像。

我想起在錄影帶裡見過那個還沒喪失記憶的我。影片裡的我流暢地彈著鋼琴，移動手指輕撫琴鍵，彈奏出美妙的音符。實在難以相信這麼笨拙的我，有可能會做出這些事。

我覺得很不安。變回那樣的話，那現在這個存在的我會到哪裡去？難道在我回想起過去的那一瞬間，現在的我就立刻消失了？我擔心地問醫生。

「這很難講。」

醫生撫著嘴上的短髭，一臉為難地說。

照醫生的說法，隨著記憶的恢復，也會逐漸變回從前的自己，而與此同時，失去記憶期間所經歷的回憶似乎並不會消失。聽醫生這麼說，我稍微安心了些，即使我逐漸恢復記憶，並不會忘掉砂織跟和彌的。

「那如果喪失記憶前的我，和喪失記憶後的我，兩者的思考模式完全不一樣呢？」

「這件事也是我聽來的。」醫生以這句話開場，跟我說了一個故事。

聽說有一名男子，喪失記憶前是個很積極的人，喪失記憶後卻變得非常消極。不過，等他終於恢復記憶，就又恢復到原本積極的個性了。那時，男子說了一句話：

「好像做了一場夢。」

那名男子清楚地記得自己曾經一度活得那麼地消極，並且能夠理解自己當時的想法，但即使如此，整件事在他還是覺得像做了一場夢一樣。

「喪失記憶後的時間，相較從出生到喪失記憶前的時間，其實是非常短暫的。就好比在龐大的記憶上面長出了結痂，等到結痂掉了，記憶恢復了，現在所思考的所有事情，應該就像是一場做了很久的夢吧。」

從醫院回家的路上，我滿腦子想著這件事。

記憶恢復的話，我會變成什麼樣子呢？等我恢復成以前那個受歡迎、成績優秀、彈得一手好琴的自己，現在這個心中滿是不安的我會變成什麼樣子呢？以前的我，是會品嚐獨自一人低頭走在冷風中的孤獨滋味的女孩子嗎？曾經因為什麼都做不好而厭惡自己到很想死嗎？會不會羨慕甚至是嫉妒受歡迎的人呢？

「菜深」擁有大約十七年的過去，而現在的我，卻只有兩個半月的過去。如果記憶恢復了，現在這個陷入思考的「自己」，大概就像夢中的主角一樣微不足道且不懂世事吧。

剛開始，我睡覺都不做夢的，不過最近卻開始做夢了。夢裡會有砂織和住田，還有一次甚至夢見被車撞。我在一片漆黑中睜開眼睛，突然一路滾下斜坡衝出馬路，那是一個寫實到恐怖的夢，被深藍色轎車碾過去的夢清晰地烙印在眼球上，害我接下來幾天一直想著這件事。

不過，大部分的夢我都醒來就忘了。那如果恢復了記憶，我也會像這樣逐漸忘卻現在的自己嗎？我會慢慢淡忘曾經如此煩惱的自己嗎？

我一直把「菜深」當成另一個人，但我發現，根本不是那麼回事。

我抱著不安的心情過了兩天。

這期間，我回想著自己體驗過的種種事物。

彈不好鋼琴的悲哀。這是最令我難受的一件事，我不禁嘆了口氣。

這麼說來，班上坐我前面的桂由里現在還好嗎？她總是把從前沒喪失記憶的我掛在嘴上，每次聽她述說那些往事的時候，我是多麼傷心啊。現在想起來還真是令人懷念。

左眼突然產生的熱度，和彌看過的風景。

我的回憶，絕大部分都是和彌給予我的。我愛著他生前所看到的每一樣東西，我喜歡他的過去，我喜歡看著自己過往的和彌。

鳥兒展翅的瞬間，烙印在和彌的眼球上；魚兒浮上水面、張開大口討飼料吃的模樣，和彌都看進了眼裡；枯葉掉落的瞬間、翻倒牛奶的瞬間，他都讓我看見了。對我而言，和彌是比任何人都要貼近我的存在。

只要回想起這兩個半月來自己的所見所想，總是忍不住悲傷了起來。再怎麼開

「總覺得，她最近沒什麼精神耶。」住田一邊開著車，不經意說了出口。

結果那天，我又聽住田講了一些關於和彌生前開心的事情。像這樣鉅細靡遺地收集關於和彌的事，幾乎成了我的生存意義。聽他講到和彌的事，是在車子開進楓町之前，因為住田忘了設定錄影機的預約錄影，我們先繞去他家一下。他住的公寓離車站很近，是一棟兩層樓的建築，還蠻新的，聽他說蓋好還不到一年。住田今年大三，念的學校離車站開車大概二十分鐘。他說升大二之前原本住在另一個比較遠的地方，因為開車上學要花很多時間，一年前才搬過來這裡。

住田上樓去設定錄影機的時候，我在車裡等著。他回車裡一坐上駕駛座，便抬頭望向建築物的窗戶說：

「這間公寓，以前和彌也常來玩呢。」

「真的？他常來這裡住嗎？」

「被砂織趕出門的時候就會來嘍。」住田聳了聳肩半開玩笑地說。

「我很想聽整件事的經過。」我謹慎地挑著用詞，但似乎還是難掩心中熱切的期待，住田忍不住笑了。於是我們在沒發動的車子裡，聽他娓娓道來關於和彌的回憶。

聽說和彌上高中前是個頭腦很好的小孩，但是進了高中，課業難度一下子提高，成績便開始下滑。住田跟和彌是上大學之後才認識的，當然不可能曉得這些過往，所以這些事都是住田從和彌那兒聽來的。

後來和彌好不容易進了大學，卻對念書完全提不起興趣。順帶一提，他們兩人念的並不是同一所大學。

「那傢伙休學後，突然覺得什麼事都無所謂了。」

但即使如此，奇怪的是和彌似乎並不覺得不安。自從不再去學校，每天的時間都彷彿靜止了一般，他只是做做想做的事度日。但其實說是做想做的事，他也沒特別做了什麼。而且休學之後好像和朋友也完全斷了連絡，在認識住田之前，不會有人打電話給他，也沒有同年的友人來找他玩。和彌只是隨興想到「好，今天去山丘上看看風景吧」、或是「今天就去小學爬立體方格架吧」，就這樣一個人在楓町裡頭四處閒晃。

「他那陣子的表情簡直像個仙人似的。」住田感慨地說。

無所事事悠哉度日的和彌每次被砂織罵的時候，就會逃去住田的公寓。

一陣暈眩朝我襲來。

往楓町的路上，在車裡我滿腦子都是和彌的事。住田邊開車邊跟我說話，我卻只是有一搭沒一搭的，過一會兒他似乎也明白了，聳了聳肩便靜靜地開車。

我在腦海裡想像著。地上所有生物都閃耀著光芒的夏天的楓町，我描繪著和彌漫步其中的風景；他走在草地上，邊走邊輕觸著幾乎和他一樣高的草；他望著屋簷

「總有一天一定會和好的。」砂織像在安慰我似地平靜地說，「不是有句話說『時間是最好的名醫』嗎？」

「名醫可能剛好休診吧……」

其實我很想連自己喪失記憶的事都告訴砂織，但是，因為之前已經謊稱自己是和彌的朋友了，現在反而沒辦法坦白說出口。

等一切都結束之後，再告訴砂織吧。到時候再跟她解釋為什麼我會到這裡來。

夜晚，睡前正在刷牙的時候，突然聽見玄關傳來開門的聲音。我漱掉口中的泡沫，走過去玄關一探究竟，發現舅舅那雙穿舊的鞋子不見了。玄關門是格子框嵌上霧面玻璃的拉門，可以看見舅舅門外的身影。

我想跟舅舅道聲晚安就去睡，沒想太多便拉開了玄關門。

玄關到大門之間是一道階梯，舅舅就坐在上頭。他的背影看起來很小，還駝著背，完全不同於和彌左眼見到的模樣。現在的舅舅看上去很無力，彷彿洩了氣似的。

舅舅發現開門出來的是我，露出虛弱的微笑對我點了點頭。

「是妳啊。」

「舅舅，我先去睡嘍。晚安。」進屋前，我隨口問了一聲：

「您在這裡做什麼呢？」
舅舅似乎有點難以啟齒，我不禁擔心自己的問題是不是太冒失了。
「我在想我太太。」
他的視線投向屋旁的晾衣架，從他的位置剛好可以看到那一帶，舅媽就是在那兒倒下、過世的。
「對不起，我問了不該問的話……」我忍著淚水說。
「沒事的，我只是剛好在想一些事……」
外頭很冷，很安靜。夜的黑暗奪走體溫等等一切的溫度。
但他卻似乎打算一直坐在那兒，彷彿將某種懲罰加諸自己身上。
舅舅正在對妻子懺悔。他在妻子生前曾對她施暴，而我想是那份後悔讓他現在採取這樣的方式。
舅舅就這麼坐在酷寒的夜裡繼續沉思，我覺得我不應該打擾這神聖的儀式。
但我的雙腳仍釘在原地，於是我對著舅舅背對玄關的背影說了：
「我聽和彌提過舅媽的事。」
那是一段曾經在左眼裡見到的影像。
那天晚上舅舅喝醉了睡在客廳裡，舅媽一臉「真拿你沒辦法」的表情，一邊幫舅舅蓋上了毯子。只是這麼一小段、平淡無奇的光景。

但是那時候舅媽的表情，卻滿溢著對舅舅的溫柔。我不懂為什麼舅媽能夠有這樣的表情。

我佯稱是聽和彌說的，將舅媽所流露的愛情告訴了舅舅。

「舅媽一定不曾怨過舅舅，也從不覺得自己是不幸的。和彌他……是這麼說的。」

舅舅只是沉默。

我轉身正要進屋。

「謝謝妳……」舅舅仍沒回過頭，靜靜地對我說。

鑽進被窩裡，我想著剛才的事。舅媽一定早就知道了。她曉得自己死後舅舅很可能會變成現在這樣，所以才能夠有那樣的表情吧。或許是因為她摸透了丈夫的性格，才能夠付出那樣的溫柔。

連未來都看得透的舅媽。這樣的功力，是在用心對待多少人之後才能擁有的啊。

而和彌並沒有視而不見。在他看過的眾多景象中，這一幕能夠深深烙印在眼球上只是偶然嗎？我不這麼認為。和彌一定是察覺到這幅景象的美，才會將它收入眼底的。

我仍然沒找到足以咬定潮崎就是凶手的證據。相澤瞳應該還在他住的藍磚屋裡，明知如此，我卻無法告發他。

「最近很少看到妳，聽說妳回家去了？」

咖啡店裡，潮崎跟我打招呼。

「嗯。」我在內心卻是一邊慘叫著。

他就是害和彌發生意外的人。我好緊張，又好不甘心；一面強忍著恐懼，一面擔心自己的回應會不會很奇怪。

他若無其事地從我身旁擦肩而過，等他在店後方的座位坐下，我才終於鬆了一口氣。

有時候，我會在「憂鬱森林」裡待到天黑打烊，然後和砂織一起走夜路回家。回舅舅家途中得經過一條森林夾道的暗路，雖然砂織老是說不用怕，但我還是很怕那條路。

那天我也打算等砂織下班，只好在咖啡店裡和大家聊天、看書殺時間。

在擺了雜誌和漫畫的書櫃裡，我發現一本先前看過的童話，就是那本叫做《眼的記憶》的書，印象中書裡的插畫給人一種很不祥的感覺。不知道是不是因為這個原因，我像是受人操控般地不由自主，察覺的時候，手上已經拿著那本書了。

我坐到吧檯前開始讀那本書。翻開封面，一股氣流隨之掠過鼻頭，我突然有個奇怪的直覺——自己即將讀到的可能會是一些不愉快的東西。

讀了開頭。這本童話的主角，是一隻會說人話的烏鴉。

愈往下讀，發現這個故事的內容很類似我自己的經驗。失去雙眼的少女將烏鴉送來的眼球放進眼窩，於是少女便能在夢中看到眼球曾經見過的影像。

烏鴉為了少女而取出人類眼球的描述非常殘酷，我一點也不想讓小孩子讀這種童話。

不過讀完之後，我的腦中卻清楚地映出烏鴉啣著眼球在夜空中滑翔的身影，那影像非常強烈，幾乎連烏鴉振翅的聲音都聽得見。

烏鴉一直不想讓少女發現自己的罪行，不想讓少女知道自己其實不是人類，牠為此苦惱著，然後，迎向最後的結局。

「就算不是喜劇收尾，這個結局也太殘酷了。這樣少女的父母太可憐了吧。」我對砂織說。

她在吧檯裡正等我發表那本童話的讀後心得。

砂織對我比出手槍的手勢說，「同感。」

「這本書，是因為木村店長愛看？」

「那好像不是店長的，不知道什麼時候就一直放在書櫃裡了。」

我又再翻了一下，無意間發現一件事。好比在前面部分提到「麵包店的小男孩」眼球被烏鴉叼走，「麵包店的小男孩」看到把他眼球叼走的烏鴉，先是吃驚，接著是憤怒。這裡很怪，一般來說應該是會覺得痛吧？裡頭卻缺了「痛覺」的認知。

我看了作者的姓名，署名「三木俊」，看來寫下這個故事的似乎是名男性。

我和砂織在寒冷中打著哆嗦走在回家的路上。平常總會一邊和我聊天的砂織，今天卻像在思考什麼事情似地一路沉默。是有什麼心事嗎？我想起住田之前也提過砂織最近好像沒什麼精神。

「妳在想什麼？」

「嗯……在想京子小姐的事情。」砂織沉吟著。出乎意料的答案，不知道她為什麼會煩惱京子的事。

「對喔，上次還在通往京子小姐家的岔路口遇到妳……」

「那天是去她家找她，有點話想跟她說。」

問她們談了些什麼，砂織只是含糊地笑了笑沒有回答。

兩人繼續沉默著走了一會兒，舅舅家就在眼前了。

「和彌說他要把眼球捐出來的時候，妳沒有反對嗎？」

「只有一點點。不過，其實我不大介意。」

「為什麼呢？」

「因為是那孩子自己這麼希望的。而且，想到那孩子的眼球現在正在某個地方活著，不是滿有趣的嗎？」砂織笑了。

她告訴我填寫捐贈同意書那時候的事。

「之前跟妳提過和彌一年前常上眼科報到，對吧？那時候他從醫院拿了一份關於移植的簡介回來。」

和彌便在砂織面前，填寫那張死後希望將眼球捐贈出來的資料表。

由於器官捐贈需要家人的同意，這表示砂織也是同意的。我不禁感慨萬千。

如果不是他們兩人當初這麼做，現在的我會是什麼模樣？唯一可以確定的，就是我絕對不會出現在這裡。我不會擁有這些美好的回憶，也不會因為自己哪天就算恢復記憶也絕對不想忘記他們的內心糾葛而傷心了。

我想像著和彌填寫資料的景象。和彌跟砂織應該是在舅舅家的客廳裡寫下同意書的吧。

可惜的是，左眼的記憶裡一直不曾出現這段重要瞬間的影像，說不定過不久就會看到了。我在心裡熱切地期盼。

這時，我突然想到一件事。

「我問妳喔，和彌在填資料的時候，戴著眼罩嗎？」

「為什麼問這個？」砂織訝異地看著我，回答說，「他戴眼罩大概只戴了三天，不過那時候好像是戴著的。」

「是右眼？還是左眼？」

「記得是左眼。」

後來移植到我臉上的這顆眼球，在當時是戴著眼罩的。這麼說來，我應該永遠也等不到和彌簽署同意書的影像了，因為那時眼球一直被眼罩遮住，什麼都看不見。

就在這時，我腦中突然閃過一個可能性。因為戴眼罩，阻礙了影像烙印到左眼裡……根據這個邏輯，說不定正好可以解釋從車禍現場到潮崎屋子的這段路為什麼會有所出入了。

假設，透過地下室窗戶看到相澤瞳之後，在逃離屋子的途中，有什麼東西遮住了眼睛，或者是當時眼睛一直是閉著的，然後就在左眼無法視物的這段時間裡，橫越一條馬路，翻過護欄，掉落水泥牆下。接著視線再度復活，繼續在杉樹林裡狂奔，滑倒摔下斜坡，最後發生車禍。

左眼被遮住的這段時間裡，影像也會呈現一片黑暗嗎？在圖書館看到那段影像的時候，我當下太過震驚，很有可能沒留意到那個漆黑的片段。因為只是橫越馬路，到摔下水泥牆，前後時間肯定不到五秒鐘。

一直無法解開的謎消失了。

相澤瞳就在潮崎家，不會錯的。和彌看到的那棟藍磚屋，確確實實是潮崎家。

雖然有些猶豫，我還是借了舅舅家裡的電話報警。因為是無線的話機，可以拿到砂織和舅舅聽不到的地方講電話，要是被他們聽見電話內容就麻煩了，而他們兩人也一直以為我應該是打電話回家。

１１０，我按下了這三個重要的數字。我必須不停跟自己說，我做的沒錯，才能鼓起勇氣按下按鍵。之前一直覺得報警恐怕也沒用，但現在我決定試看看。

電話那頭傳來一名中年男子的聲音，這聲音代表線路已經連繫上警方。

開頭我先請教他有關一名叫做相澤瞳的失蹤少女的事。

「呃……請問您聽過這個女孩子嗎……？」

他不是很清楚。

「是一年多前失蹤的一個女孩子……」

接著，我說出她現在很可能被軟禁在某人家中。

電話那頭傳來「喔……」一聲敷衍的回應。

「那麼，關於這件事我們會在調查之後，再與妳連絡。請告訴我妳的電話號碼。」他說。

我瞬間噤了口。我的電話號碼，指的是舅舅家的電話號碼嗎？要是警方打來的電話被舅舅還是砂織接到的話，他們會怎麼想？說不定我騙他們自己是和彌朋友的這些謊言，都必須在最難堪的情況下給拆穿了。我不要這樣。

「請問……我一定得留電話嗎？」

電話那頭，旋即轉為懷疑的語氣。

我這才警覺，無法留下電話號碼是會引起對方不信任的，但已經太遲了。

他懷疑我剛才講的內容都是惡作劇，雖然我拚命解釋，到最後這通電話還是不了了之。

隔天，我下了一個決心，前往「憂鬱森林」。

潮崎都是在下午一點出現，在他到之前，我先和京子聊聊。

她好像很關心砂織的事。

「不知道砂織小姐已經走出弟弟過世的傷痛了沒？」

聊天之間，京子不經意說了出口。

砂織根本還無法接受和彌已經過世的事實，雖然我這麼覺得，卻無法直接了當說出口。

「她好像還是經常想起和彌。」

我告訴京子，砂織一直把和彌車禍時戴的金色手表，視同遺物帶在身邊。

「手表？」

「那只表已經壞了，指針一直停在和彌出車禍的時間上。」

我腦中浮現昨天回家路上砂織說的話。砂織和京子，究竟談了些什麼呢？我很想知道，卻猶豫著該怎麼開口問。

店裡的時鐘指向下午一點，店門打開了，通知客人上門的清澈鈴聲響起。潮崎仍然一身黑大衣，輕盈地踩著規律的步伐，經過吧檯前，走進店後方那個微暗的角落。

我先把頭低下，鼓足全部的勇氣。我害怕極了，但警方已經認定我是在惡作劇，除了這麼做，我想不出其他的方法。

「怎麼了？」京子一臉困惑。

「沒事。沒什麼事。」

我淡淡笑了笑站起身，往潮崎的位子走去。

從口袋裡，我拿出一張舊報紙剪報，上面登了相澤瞳的照片。

「潮崎先生。」

我站到他桌前，潮崎用他細長清秀的眼睛望著我。

「午安。」他說。

我發現自己在發抖。現在還來得及踩煞車吧，但我除了這一步棋，已經無計可施了。

「我想向您打聽一件事。」我把相澤的照片拿到他面前，「我在找這個女孩子，不知道您是不是見過？」

我拚了命壓抑自己顫抖的聲音。潮崎從我手上接過剪報，那一瞬間，我們手指相觸，那徹骨的冰冷彷彿冰封我的全身。

潮崎望著瞳的照片好一會兒，終於抬起眼來看著我。

「沒見過。」說完便把剪報遞還給我。

那一天，我在店裡與他的對話僅止於此。

我已經預料到潮崎有這樣的反應，然後，如果他是綁架相澤瞳的綁匪，看了照片後，內心應該無法保持冷靜吧。

為什麼我在找相澤瞳？為什麼我會問他這件事？他心裡應該覺得很毛吧。於是他為了要找出答案，或者是為了封住我的嘴好隱瞞瞳的事，搞不好會使出激烈殘暴的手段。

那就，放馬過來吧。我已經有覺悟了。因為那一刻，將會是拆穿他真面目的唯一機會。

4 章

1◆某童話作家

「你打算見機行事，對嗎？」

相澤瞳在沙發上說。

「還是說你覺得把訪客擄走、弄傷或是殺掉，都太冒險了？」

三木正在收拾行李，打包身邊所有的物品。搬來這棟屋子的時候，並沒帶什麼東西過來，所以需要帶走的，也只有極少量的衣服和書而已。不過，因為必須配合一些其他的準備，還是花了幾天的時間。

「有一次我說想去外面逛逛，你不是開車帶我出去嗎？那時候我的樣子被人看到了吧。」

至於車子的處理，瞳繼續說：

「就算你把車子換掉了，一樣沒救的。你的長相已經被人記住了，名字也是，絕對不可能逃得掉，你會在這兒被抓走的。」

相澤瞳說完，瞇細了眼睛靜靜露出微笑。沙發上頭，沒有手腳臉上帶著笑的少女，宛如一尊人造玩偶。

三木沒理會瞳，獨自走去地下室。幾乎所有的房間都收拾好了，再來只剩地下室。

一進地下室，便傳來持永幸惠的歌聲，是那首她常唱的悲傷英文歌。歌聲從昏暗照明造成的黑暗深處傳來，在磚牆裸露的室內繚繞，充滿整個地下室。

三木開始動手將地下室角落堆積如山的磚塊搬往入口階梯的正下方，來回一點一點地搬運。

幸惠的歌聲戛然而止。

「你打算做什麼？」

幸惠的問話從黑暗角落傳來，接著傳出一陣痛苦的呻吟。

「剛才我的腳踝壓著地上硬硬的石頭，好痛喔。」

「對不起。」久本真一道了歉，然後是兩人移動巨大軀體的聲響。

三木告訴兩人，他計畫離開這棟屋子。

「喔，這樣啊。」黑暗深處，真一似乎點了點頭，「那，就要分開了吧。」

「什麼意思……？」幸惠問道。

「等一下我解釋給妳聽。」真一回答。

走出地下室，三木往二樓相澤瞳所在的書房走去。包裹在袋子裡的少女見到三木，露出非常悲傷的神情。

「我想你並沒打算把我一起帶走。也就是說，要不就是在這裡殺了我，要不就是把我藏到別人永遠找不到我的地方去，對吧，而你正在考慮執行後者。噯，那答應我最後一個願望，我想再好好看一看陽光。」

他抱起曈，只有身體和頭部的少女抱起來完全不費力，她黑亮的長髮隨著三木的移動柔順擺動著。

「你被逮捕的時候，我會作證說你對我很好的。」

三木讓曈躺在窗邊。

2

給潮崎看過相澤曈的照片之後，我每天都活在與恐懼的奮戰中。就算我突然被襲擊也不意外，這一切原本就在我的計畫裡

咖啡店的廚房裡，大致的武器都有，從大菜刀到小菜刀，算一算尺寸超過五種，但這裡頭卻沒有一把是我想帶在身上的。要是每天藏把菜刀在衣服裡，想也知道很不方便，而且要是突然被他從後面架住，我也沒自信能拔出菜刀刺他。

最後，我決定借用一把在櫃子最裡面找到的水果刀，那是一把折疊式的小刀，也不曉得實際派不派得上用場，但我需要一把讓自己安心的刀子。

我留了信給砂織跟舅舅。萬一我出了什麼意外，他們應該會查看我的行李吧，等他們看了這封信，就會明白我為什麼會到楓町來，又為什麼會突然消失了。

如果我真的消失，警方勢必會採取行動，於是我也在信裡寫下潮崎的事。只要他襲擊我，就代表了我的勝利。

每天早上一睜開眼，我都先確認自己還活著。外出走在路上、或是自己一人在家的時候，我總是睜大眼睛、豎起耳朵留心四周的動靜。心臟一直處於緊張狀態，即使一丁點奇怪聲響，都幾乎讓我大叫出聲。

不過，潮崎並沒來找我。而且不只這樣，他也不再出現在「憂鬱森林」了。

所有事情都有終點，但那是不是個幸福的結局卻很難講。

我給潮崎看過照片之後，這是第三天。

而這也成了我與這個事件糾葛的最後一天。

那天早上非常冷，在被窩裡醒來的時候，手腳都是冰的，腳趾尖甚至微微發麻。我在棉被裡縮起身子用手包住腳掌，等腳漸漸變暖。不可思議的是，這麼做的時候心裡非常安詳，對我來說真是極為珍貴的一段時間。

這時，我的心跳突然悄悄地加速。我睜開眼睛，一股預感竄過全身，雖然隱約而模糊，卻是關於這個事件的預感。事件一定會有結束的一天，而到時候，應該也是像今天這種寒冷的天氣吧。不知為什麼，我幾乎可以確定這一點。

想到和彌，想起相澤瞳，我爬出了被窩。

「明明都四月了……」

舅舅嘟囔著，一邊發抖一邊套上皺巴巴的運動外套出門上班了。送舅舅出門後，我和砂織也準備到咖啡店去。

兩人一道走在路上，我一直擔心萬一潮崎突然出現怎麼辦，這麼一來，就會牽連到無辜的砂織了，而且其實，前兩天我都盡量不和砂織一起行動。

可是，等了三天潮崎都毫無動靜，我的種種疑慮也逐漸變淡，雖然仍掛心早上那個預感，不過，只是走在一起應該沒問題吧。

「春假也快結束了。」砂織對我說。

她的呼吸化成純白的霧，鼻子也紅通通的，不停吸著鼻子。

「新學期好像是後天開始的樣子。」

「那菜深就是準考生了。」

我會出席開學典禮嗎？我並不想事情沒解決就這樣回家去。

「可是我還想再多待一陣子。」

砂織一臉為難地看著我。

咖啡店裡有一臺大型暖爐，我大剌剌地坐到離暖爐最近的座位，重讀《眼的記憶》。時針指向正午的位置，店裡卻依然沒有半個客人。

砂織是在快中午的時候離開咖啡店的。當時我正想著潮崎的事，她脫下圍裙過來暖爐前對我說：

「我去一下京子小姐家馬上回來，幫我跟店長說一聲。」

我點了點頭，當時木村在廚房裡。砂織外出後，我轉告了木村。

「可是今天不是送貨的日子耶。」木村撫著嘴上的鬍子說。

潮崎平常總是在下午一點踏進「憂鬱森林」，但是都過了一點，還是連個影子都沒有。我的心情交纏著安心與不安，非常複雜。

真的很恐怖。我不知道他在想什麼，不知道他人現在在哪裡。說不定他早已經逃走了呢？

愈往那方向想，愈覺得一定是這樣沒錯。

「少了一個常客呀……那傢伙到底怎麼了？」

察覺潮崎不再出現，木村惋惜地說，語氣裡還帶著一絲擔心。

「也沒聽他說要外出旅行吧。」

住田啣著吸管搭腔說，他面前那杯柳橙汁已經喝到只剩冰塊了。

住田在砂織離開咖啡店後一個小時左右突然出現，不用說當然是來堵砂織的，所以聽到砂織不在，就成了這副垂頭喪氣的模樣。

我繼續思考潮崎可能已經逃跑的猜測。

如果真是這樣，那他的屋子現在會變成什麼模樣？他會先湮滅所有證據再離開嗎？而所謂的證據，又是指什麼？是用來軟禁相澤瞳的道具嗎？

首先是衣服，瞳所穿的服裝……我在潮崎家曾經看過女性的服裝，不過，在和彌左眼看到的瞳卻是沒有手腳的，身子只裝在布袋裡。這樣的瞳，應該是沒辦法幫她穿上一般的衣服。

說不定我在那間屋子裡看到的服裝，是相澤瞳被綁架當時穿在身上的。

想到這裡，我突然想到軟禁還有一樣必需品，那就是場所。如果潮崎先湮滅所有證據才離開，那麼那間地下室也被除去了嗎？地下室的窗戶在兩個月前已經用磚砌花壇堵住了，接著只要將地下室的入口封住，誰也不會察覺那間地下室的存在。

其他還有什麼會成為證據的東西呢？還有什麼是萬一被發現，就能夠直指自己正是凶嫌的東西？

我突地站了起來，對自己的愚蠢感到氣憤，緊接著一股恐懼湧上。我竟然遺漏了那個最重要、萬萬不能被發現的東西！

相澤瞳，最大的證據。要是她還活著，而且被救出來的話，對潮崎來說將是最致命的。那麼，潮崎會怎麼做呢？

帶著她逃走？還是只好讓她永遠開不了口？

我驚覺必須立刻前往潮崎家。

「快去把車開出來！」

「啊？要上哪去？」

住田見我一臉焦急的模樣，弄得他也莫名地緊張。

「別管了，快點起來！」我拚命扯住田的毛衣袖子，硬是拉他站了起來，「上車再告訴你！」

木村在吧檯裡，一臉好笑地望著我和住田。

「你就送她去吧。」

木村對住田下了指示，語氣則是悠哉悠哉的。雖然反而刺激了我的焦躁，還是很感謝他幫我說話。

終於站起身的住田伸了個懶腰，我從身後一路推著他出了咖啡店。我們還沒付帳，不過不能浪費時間了，之後再付就好。

外面應該很冷，但因為內心非常激動，我幾乎不覺得寒冷。

我一看到住田停在咖啡店外的輕自動車，立刻打開車門坐進了前座。

「妳先冷靜一下。」住田坐在駕駛座，試著讓我平靜下來，「妳看妳這樣拉，袖子都拉壞了。」

「對不起。」我深呼吸了一下，「可是真的很急。住田，快點載我去潮崎家。」

住田驚訝地張大了嘴。

「為什麼？」

「你先開車，路上我再告訴你。求求你快開車。」

住田於是默默發動引擎，車子離開「憂鬱森林」的停車場，往潮崎家駛去。

「現在可以告訴我理由了吧？為什麼要我們要去潮崎家？」

不知道該不該告訴他相澤瞳的事情，是不是不應該把住田也牽連進來？我稍微冷靜下來思考這件事。

但，我決定把潮崎可能綁架了少女的事情告訴住田。

「我希望你冷靜地聽我說。」

「這是我第一次見到妳這麼可怕的表情，已經沒什麼事會嚇到我了。」

「認真聽我說。」

「……嗯。」

住田點了點頭，他的眼睛一本正經地凝視車子前方，我突然覺得好安心，比起一個人單槍匹馬，還是拉他作陪好多了。

我把相澤瞳的事情告訴了他。還有，潮崎那棟藍磚屋有一間地下室，據我的推測相澤瞳就是被藏在那裡面。不過我沒提潮崎害死和彌的事，還要解釋我移植眼球的事，故事就太長了。

「三天前，我拿了報紙剪報給潮崎看，那上面有相澤瞳的照片……」

我跟住田說，我一直在等潮崎現身突襲我，不過直到剛剛我才猛然驚覺，他很可能已經封住相澤瞳的口，自己逃掉了。

住田一直嚴肅地聽我說話。

「但是，那個潮崎會……？」他鐵青著臉，幽幽地說，「真是難以置信……」

「請你相信我！」

「可是……」

車子駛在蜿蜒的山路往潮崎家前進，路面是上坡，兩旁杉樹林夾道，我們通過了和彌出車禍的地點。

「好。你不相信我也沒關係，我自己一個人進去，你留在車子裡。潮崎很有可能還在屋子裡，一定很危險，我自己進去。如果我沒出來，你就去幫我報警。」

我決定了。雖然很害怕，但我不想強迫他。

「很危險嗎？」

「應該吧……不過我有武器，一把水果刀。」

住田的臉色一瞬間變得慘白。

「……但是，這樣的話，我更不能讓妳一個人去了。」

聽到住田這麼說，我感動得幾乎掉下淚來。

車子轉過彎道，經過通往京子家的岔路。

車窗外抬頭可見的斜坡開始進入寒冷杉樹林和低矮枯木交錯的地帶，嚴寒彷彿封住一切的生命，完全不見任何活的生物，所有樹木彷彿都由石頭雕刻而成。

低沉的烏雲遮住太陽，四下完全籠罩在陰鬱的灰暗中。

終於看到斜坡那頭的藍磚屋了，一股惡寒爬上我的背脊。

「不要開進院子。我們把車停外面，用走的進去。」我這麼提議。

「為什麼？」

「如果潮崎還在家，說不定會被他發現。」

打開屋子大門之前，我想再繞一圈看一下屋子四周。

住田的車子在傾斜的道路上行駛著。我閉上眼睛，趕走襲來的恐懼。我全身不停地顫抖，卻不是因為寒冷，我環起雙臂緊抱自己的身體忍耐著。

我對著和彌的左眼祈禱。

和彌為了救出相澤瞳而接近這棟屋子的時候，是強忍著多大的恐懼啊。

請給我勇氣。

這時，車子停了下來，我們在離屋子大門稍遠的路旁。

「準備好了嗎？」住田鐵青著臉說。

我點點頭，走下了車。

3

兩座幾乎和我一樣高的石柱，立在潮崎家庭院入口兩側，生鏽的鐵門一逕敞開，我和住田稍稍低下頭穿過了大門。

走過兩旁長滿植物的細長小徑，我們來到藍磚屋面前。這棟屋子只有兩層樓，隨便都找得到比這高的建築物，然而我卻不由得覺得它大得足以覆蓋整個天空，三角形的屋頂筆直刺進低覆的烏雲。

我聯想到孕育暗黑的巨大魔物。一直望著這棟屋子，內心最底層倉皇不安的部分顫動著被引了出來。不管是多麼幸福、多麼凜然，站到這棟屋子面前，都將醒悟到自己終究只是一介孤獨的人類。

藍色是灰暗與寂寞的顏色。愈是深入藍色的大海，最終將會進入光線無法到達的深海暗黑裡，海面的藍與深海的暗黑其實沒兩樣，而在我眼前這棟屋子的藍，正冷冽而透澈地訴說著這個真相。

雖然還是大白天，太陽被雲遮蔽，四下一片昏暗，室內應該需要開燈了吧，但從屋子正面看到的每扇窗戶都滿溢著靜謐的黑暗，完全不像有人在裡面的樣子。

屋前院子有一塊停車用的細石子地，停著潮崎的黑色轎車，他的車就只有這一輛。

「潮崎不知道還在不在裡面。」我問住田。

因為緊張，自己的聲音聽起來非常生硬。

「搞不好他把車留這裡，人不知道逃哪兒去了。」住田回答。

我們稍稍壓低身子躲在圍繞庭院的林子裡，四周安靜到幾乎引起耳鳴，遠處偶爾傳來鳥兒振翅聲，成了唯一聽得見的聲音。

一片寂靜中，我看見屋頂停了一隻烏鴉。一個黑色的小點，宛如用針尖在空間裡刺開一個小洞。烏鴉警覺地環視四周，像在監視有無入侵者似地轉動著黑色的頭。

「住田你往右邊，我抄左邊。」

我決定兩人朝相反方向分頭調查屋子外圍。

「要是有什麼狀況，妳就叫我喔。」

他神情緊張地吩咐我之後，便藏進林子裡開始朝屋子移動。而我則在環繞庭院的森林中，朝屋子左側前進。

和住田分頭行動之後，我突然不安了起來。雖然他一點也算不上可靠，細瘦的肩背跟手臂甚至給人纖弱的印象，即使如此，我發現只要有人陪在身邊，精神上便能安定不少。

藍色的磚牆筆直聳立於地面，每接近一步，全身都感受到它那股壓迫感。終於抵達屋側，我仰頭透過枯枝間隙往上看，視野大半的天空都被牆給遮住了。

一直靜靜地凝望這面牆，我的眼睛終於無法聚焦幾乎暈眩。整面規則排列、往上堆疊的磚頭深深埋進我的腦中，從牆的另一側傳來人類的慘叫、尖叫、苦悶的嗚咽。

我嘆了口氣，不安的情緒隨之襲來。我用手撐住樹幹，閉起眼睛平復情緒。胸口幾乎喘不過氣來，極度渴望氧氣。

我全身都感受到眼前的森林與這棟屋子的氣息，刺骨的寒冷空氣拂過我的雙頰，因為緊張而緊繃的肌膚，默默承受著寒冷與孤獨。

和彌也承受過這些嗎？當他為了救出相澤瞳而前來屋子四周調查的時候，是否也感受著這股恐懼？

在他發現了相澤瞳，並企圖破窗而入的前一天，是否也像我這樣進行了調查？我想應該是吧，所以他才會藏了工具在口袋裡，想必是要拿來打破窗戶的。

而我現在正在做和他相同的事情。我繼承了他的心意，重整之後再次演出這齣拯救相澤瞳的戲碼。

調整好呼吸，我睜開眼睛。

我閉眼凝神的時間大概只有十秒而已，但這短短的時間已足以讓我重新鼓起些許勇氣踏出腳步。

我走出樹林，把身子貼上屋子外牆，小心翼翼不發出任何聲響，沿著牆壁慢慢移動。

不知道是不是因為感覺到我的接近，我聽見屋頂上那隻黑鳥振翅飛入空中。

4◆某童話作家

三木在書房裡，行李已經收拾得差不多了，接下來只剩封住地下室，然後離開這裡。這棟屋子應該會託朋友轉手給他人吧。

書桌、椅子、時鐘和窗簾都留著，屋子幾乎恢復到三木剛搬進來時的狀態，消逝無蹤的只有三木帶進來的東西。

突然想起一件事。他打開書桌抽屜，拿出收在裡面的東西，望了好一會兒。這是不久前來調查屋子四周的訪客遺落的東西。

那時候，他似乎聽見外頭傳來鳥兒振翅的聲音。

平常他是不會注意這些的。但是，就要離開這個地方的現在，想起那個聲音特別令他心煩氣躁。

他將一直收在抽屜裡的那樣東西放進口袋。

從書房窗戶望了望外頭，沒有異樣。

出了房間，走在二樓的走廊。由於一樓天花板是挑高到二樓頂，從二樓便能眺望一樓走廊。環繞天花板下方是一個L型的走廊，盡頭是一扇窗戶。

三木走近那扇窗戶，把臉貼近玻璃。那兒是屋子的南側，因為他不能弄出聲響，所以無法打開窗戶，因此也無法探看窗戶的正下方。

但是，雖然只有一瞬間，窗子下方視線勉強沒被擋住的地方，他瞄到了一個人的肩膀，那人正往屋子後方移動。

三木之前就曉得這名訪客的存在了，恐怕這個人現在正把身子緊貼磚牆，沿著屋子的側面移動進行調查吧。

三木開始行動。他靜靜地下了樓梯。

樓梯下方放著一個袋子，裡頭裝了磚塊和砌牆用的灰泥，是他一點一點從地下室搬出來的。

三木是在偶然間取得這支鐵鎚的。打算封掉地下室的時候，他發現樓梯下方一直放著一個工具箱，或許是之前的人為了不時之需而準備的，而這支鐵鎚就在工具箱裡。榔頭的部分已經鏽掉大半了，不過鐵塊夠重，拿來破壞東西應該很足夠。
三木握緊鐵鎚的木柄，朝訪客的方向走去。

5

我貼著屋子外牆前進。我想，緊貼住牆壁的話，從二樓窗戶應該是看不到我的。我把肩膀和手掌貼著磚牆慢慢移動身子。牆壁很冷、很乾燥。我呼出的氣息化成白霧，輕撫過一塊接一塊的長方磚消失無蹤。

這棟屋子的形狀並非單純方方正正的四角箱子，屋內房間突出的部分造成屋子的外牆有稜有角。每到轉角的地方，我都屏住氣息，深怕眼前突然冒出潮崎的身影。

我小心翼翼探視每扇窗戶，但幾乎所有的房間都拉上了窗簾。看樣子潮崎果然已經不在了，整棟屋子散發出無人居住的屋子特有的空虛氣息。

屋子的側面有好幾個磚砌的花壇，裡面幾乎什麼也沒種，只有一些已經枯成淺褐色的雜草。偶或幾根細長、已經乾掉的木棒還插在花壇裡，顯示花壇裡曾經種過小樹，但現在只剩樹葉落盡、毫無生氣的枝幹。

西南側的角落是與左眼記憶裡最相似的地點，上次來這裡的時候，我已經確認這裡應該就是和彌來到的位置了。

再次站在這個地點，但是，還是不見和彌當時發現的地下室窗戶。牆與地面相接的地方並沒有窗戶，而是一座花壇。

我試著挖了一下花壇裡的土，土壤凍得硬邦邦的，手指挖不大進去，壇座又是用磚塊填灰泥砌成，移也移不開。

花壇應該是在這兩個月內趕工做好的，說不定有什麼不牢固的地方，但我光用肉眼並無法找出破綻。

我決定放棄，還是不要一直停留在這個地方比較好。

繞到屋子後方，那兒有一個倉庫，是我上次來也看到過的，應該是這棟屋子剛蓋好的時候就有了吧。外部搭蓋的木板看起來很舊，都開始腐蛀了，上頭原有的白色油漆也已剝落，留下許多雨水滲入的痕跡。

搭蓋的木板多處破損，倉庫漆黑的內部若隱若現。我拉了拉門把想確認倉庫裡面，門卻拉不開，我再使勁一拉才開了門，然而裡面什麼也沒有，空蕩蕩的。

我注意到那一扇窗戶，就是在那個時候。

在倉庫旁邊，視線稍微往上看的外牆上有一個四邊形的凹陷處，那兒的窗簾似乎沒拉上。不過並不是沒裝窗簾，而是拉好固定在窗戶兩側。如果是從那個窗戶，一定就能夠看清楚屋裡的狀況了。

我張望四周，確認四下無人。
窗戶的位置有點高，可能因為屋子蓋在山坡上的關係，所以即使在屋內位於同樓層的窗戶，從屋外看，有的還是有高度落差。
我打算攀著倉庫搆上那扇窗，再透過那扇窗觀察屋內。我先用腳尖踩住倉庫側面木板的縫隙，雙手勾住窗緣後，把身體整個往上抬。
我的鼻尖剛好抬至窗臺下緣一帶。
於是我望向窗內。

6◆某童話作家

三木走出玄關，貼著屋子外牆移動。剛才在二樓隱約瞄到的人影，似乎往屋子的南側走去，三木正好追隨他的腳步。
三木思索著這些訪客。之前也有其他訪客來過，他們都不知從何嗅出三木不為人知的祕密。
不過其實對於自己的罪行，三木並沒特別掩飾得多周到。
把一位跟自己問路的女性，完全沒來由地推下斷崖。連自己第一次下手殺人都是這麼搞的。後來回想起來，他也不知道為什麼自己要這麼做，也沒想過要是被抓到會吃上刑罰。即使受刑也無所謂吧，他想。

不過，如果逃得掉的話，就逃。如果封得住這些訪客的嘴，就封。

三木緊緊握住鐵鎚，靜靜地走著，終於在繞過數個壁面轉角之後，他停下腳步。

這次的訪客就在那兒，在轉角另一側隱約可見那人的衣服。

而那名訪客似乎還沒察覺自己已經被屋主發現。三木繼續藏在牆角這頭，屏住氣息。

每次都是這樣。他已經不記得這是第幾名訪客了。

搬來這之前，上次住的地方也是一樣。三木想起了那時候的事。那時的訪客是一名家庭主婦，她見到在外頭走動的三木，一臉看到可疑人物的表情，可能是因為三木完全不和鄰居來往，所以特別顯得詭異。住那裡的那段時間，他已經埋了兩個人在山裡面，三木也想過該不會是東窗事發懷疑到他頭上來吧。他大可殺了那個家庭主婦的，不過他沒這麼做。如果她突然失蹤，她的家人應該會引發一陣大騷動。最後，他決定在關鍵證據被發現之前搬離那個地方，這樣簡單多了。

於是，三木來到了楓町。

他的頭與肩膀緊緊貼著磚牆，再次確認訪客的身影。

那個人一邊呼著白霧，把臉湊近窗戶想窺視屋裡的動靜。

三木在記憶中搜索著，從那扇窗戶可以看見屋裡的什麼。他馬上想起來那裡擺著什麼東西。

然後，他很確定是該搬離開這裡的時候了。

相澤瞳說，她想看看外面的光線。

如果少女不曾這麼說，可能他就沒必要封住這名訪客的口。因為三木只剩把地下室封住之後撤離這棟屋子而已。

那扇窗的深處，應該看得到瞳。剛剛三木的這雙手才把她抱過去平放在那兒的。

訪客應該是看見了。耳邊傳來訪客強壓著但還是低聲發出的驚呼。

7

看進去窗戶那頭幾乎沒有任何東西，只有一個書架，上面擺了成排厚厚的書籍，應該是畫冊吧。書架旁邊地上，立放著好幾幅畫，潮崎應該是把這個房間當倉庫使用。

該說是安心還是困惑，我爬下了倉庫。潮崎好像真的已經離開這棟屋子了。

突然間，前方出現一個人影，我差點沒大叫出來。等我弄清楚原來是住田，全身都快虛脫了。

「發現什麼了嗎？」住田問。

我搖搖頭。

我們決定進屋去。

我們試著打開玄關，但前門鎖住了。不過住田剛才調查的北側有一個後門，那裡沒上鎖，一轉門把，門就靜靜地開了。

屋裡非常暗，陰霾的天空再加上位於日照不足的北側，能見度相當差。我很猶豫要不要打開電燈，因為要是潮崎還在屋子裡就糟了，然而住田卻想也沒想，啪地開了燈。

「沒問題啦，這裡肯定沒半個人。」

「還是謹慎點好。」

我雖然嘴上這麼說，心裡其實覺得有人陪在身邊真是打了一針強心劑。

後門通往廚房。

微弱的電燈照明下，廚房擺著舊冰箱和餐具櫥櫃，靜寂中，只聽見冰箱發出的細微馬達聲。

流理臺裡沒有任何廚餘，看不出最近有開伙的跡象。但與其說是清理得很乾淨，倒不如說是沒人使用過的感覺。

我們打開每個房間確認，全都不見半個人影。

有一間像是當畫室使用的房間，裡面有一幅畫到一半的畫，畫的是這棟屋子的庭院。沾到許多顏料的桌子上放了一個玻璃杯，裡面插著幾枝畫筆。

那件潮崎說是他妻子的衣服，也原封不動地放在這裡。半透明的收納箱裡收著許多女性的衣物，全都折得整整齊齊的。

這些衣服對相澤瞳來說太大件了，而且都是些成年女性的衣服。

看過空蕩蕩的浴室後，住田對我說：

「沒人在嘛。」

從他身上已經看不到一絲絲的緊張，不僅如此，住田似乎開始懷疑相澤瞳是不是真的被軟禁起來、以及潮崎就是凶手這件事。雖然他沒明說，但他的語氣已經很明顯了。

我們走在昏暗的走廊上，繼續探訪還沒打開的房間。地下室的入口應該就在屋內某處，我卻完全找不到像是入口的門。

「菜深，我們回去吧。妳剛說的那些事，一定是哪裡搞錯了。」住田站在走廊正中央說。

我好難過，不應該是這樣的，但我卻完全無法反駁，心中滿是困惑。

「可是，二樓還沒看啊。」

「我不去。」他把手叉到腰上，不打算移動他的腳了。

於是我一個人上了樓梯。樓梯上方是挑高的天花板，環繞周圍的是二樓的走廊，走廊上並列著好幾扇門。

其中一間很像是潮崎的寢室，另一間房裡則放著老舊的木製書桌。

站在擺了書桌的房間裡，我開始感到不安。不管我怎麼找，都沒有發現任何東西。

剛才，住田開始懷疑我的時候，我是生氣的，但一方面我也覺得他會這麼想一點也不意外。

一間又一間檢查每個房間，原本對這棟屋子所持有的恐懼已漸漸淡去。從外觀看這棟屋子，就像是一個內藏怪物的大魔窟，但看到潮崎畫的一幅在草原上奔跑的小狗、安置在客廳裡的電視、貼了標籤貼紙的錄影帶等等物品，這股無以名狀的恐懼已層層褪去。

為什麼沒有通往地下室的入口？為什麼找不出任何證據？我困惑不已，在房裡來回踱步。

無意間，我的視線停在窗戶上。要不是這扇窗的窗簾是開著的，我可能就不會發現那棟建築物的存在了。

窗外是一片森林，然後稍微過去一些的山坡上，矗立著另一棟外觀跟潮崎家非常相近的建築物。

這兩棟屋子應該是用相同的磚塊蓋成，連屋頂的造型也一樣，只不過，牆壁的顏色不同。潮崎的屋子是藍磚，而對面那棟屋子則是紅色的。

那裡想必是京子的家了。我記得木村說過，京子也是住在磚造屋裡……位置也差不多正是那一帶。我一直沒過去京子家那邊，這是我第一次看到屋子的外觀。

我的心中浮上了一種假設，那是我從未想過的。

如果，和彌打算救出相澤瞳的那天，正好戴了一副藍色的太陽眼鏡呢？這樣即使屋子的牆壁不是藍色，映在左眼裡的影像也會是藍的了。

不，不可能，仔細回想左眼看到的影像應該不是透過太陽眼鏡所見。我否定了這個想法。

然而，我心裡卻無法完全無視這個假設，只是湧上更大的不安。

對了，和彌的記憶裡有地下室的窗戶，但現在這棟屋子卻沒有那扇窗戶，有的只是一個花壇。

之前我一直認為這個花壇一定是這兩個月裡趕工砌起來的，但是，這麼短的時間裡真的能夠長出裡頭那些枯草嗎？這兩個月都是冬天，這樣植物還能在空無一物的土壤裡成長、而後乾枯嗎？比較合理的假設應該是這個花壇是在更早之前就存在了。

我呆立在二樓房間裡。如果，和彌當初看到的窗戶是京子家的地下室，我顯然做了相當嚴重的誤判。

我跑出房間，焦急地想立刻衝下漫長的樓梯。我把大半個身子探出環繞天花板下方的走廊扶手，望向一樓的走廊。

「住田！」

聽到我的叫聲，住田走了出來，一臉不解地抬頭看我。

「終於放棄了嗎？」

「快開車！我們去京子小姐家！」

他驚訝地瞪大了眼。

「等一下再告訴你為什麼！」

住田一臉納悶，不過還是立刻跑出了玄關。

我一邊衝下樓梯一邊思考著。

和彌當初看到的屋子並不是這裡，而是另一棟磚造屋。這樣的話，砂織就危險了，她今天中午說要去京子家的。

不快點不行，我一口氣躍下最後的幾階階梯。

8◆某童話作家

窗內深處，相澤瞳的臉上不曉得是什麼表情呢？三木心想。

那名訪客應該已經注意到少女沒有手腳了，畢竟裝在布袋裡蠕動著身軀的瞳實在太詭異了。

那聲刻意壓低的驚叫之後，旋即恢復了寂靜。顯然是怕被發現，所以硬生生將自己的聲音壓了下來。

三木朝那邊踏出了腳步，就在這時，口袋裡發出細微的金屬碰撞聲響。口袋裡裝的是車鑰匙，還有一只金色的手表。就是訪客上次來的時候，不小心遺落的那只手表。

雖然只是非常微弱的聲響，看來卻足以通報訪客這邊有人了。

傳來訪客拔腿就跑的聲音。

三木從隱身的牆角走了出來。

他得追上這個人，封住他的嘴。

9

衝下樓梯，我打算朝玄關的方向跑去。住田應該正在發動車子，我得盡快坐上車才行。

然而就在下一瞬間，發生了一件完全意料之外的事。

如果當時在那個地方，我的耳朵沒有聽見任何聲音，就不會停下腳步了吧。

我好像聽見了歌聲。

我在樓梯前停了下來。歌聲非常小聲，小聲到幾乎快聽不見。微微顫抖的女性歌聲，歌詞似乎是英文。

說不定是哪間房裡的收音機還是電視傳出來的，我應該別管這些，趕快趕去京子家才對，但我的身體卻不由自主循歌聲的源頭走去。

原來是這麼回事。等我冷靜下來才終於想到。

就算戴著藍色太陽眼鏡，紅色的磚牆看上去也不會是藍色的，這麼單純的道理……

愈遠離樓梯下方，歌聲變得愈小聲，我馬上就找到聲音的出處了。在樓梯的內側有一個壁櫥，站在壁櫥前方聽到的歌聲是最清楚的。

唯有樓梯內側的牆壁凹了進去，擺放著這個老舊的木製壁櫥。我把耳朵貼到壁櫥門上，閉上了眼。

歌聲是從壁櫥深處傳出來的。

我幾乎可以確定，壁櫥的後方還有東西，而這個壁櫥正是為了遮掩那樣東西才被擺在這裡。

我的體內竄過一股騷動，趕往京子家的事已經完全被我拋到腦後。

壁櫥裡沒有放任何東西，我懷疑是為了挪動方便才刻意不擺任何東西進去。壁櫥非常輕，連我都只要稍微用點力就能夠把它移到旁邊。搬開壁櫥後，出現在眼前的是一面牆壁，牆上有個鑿開的洞。

這面牆原本好像貼了和旁邊相同的乳白色壁紙，不過絕大部分都被撕掉了。洞口幾乎和人一樣大，洞緣裸露著遭到破壞的磚塊。

這裡原本應該有一扇入口的門存在才對，磚層像是後來為了遮住入口才砌上去的，在裡面的磚層邊緣還看得見門板的合葉。

越過洞口是一道細長的階梯通往下方，從天花板垂下一盞非常昏暗的燈，照著這個彷彿某個生物的喉嚨般的細長空間。

歌聲就是從下面傳出來的。我很肯定那不是收音機的聲音，而是人的歌聲。這是地下室。這棟屋子果然有地下室。

我一步一步、小心翼翼地走下階梯。我緊張不已，呼吸紊亂，心臟在胸腔裡劇烈地鼓動。

階梯兩側是裸露的磚牆，我扶著牆壁一邊當心腳下往下走。

愈往下，空氣的溼氣愈重，連同壓力纏附上我的身體。這種黏著性的空氣，混濁到幾乎令我喘不過氣，簡直就像黑暗化成了液體充塞整個空間。

走下最後一階，眼前是一個陰暗的房間。數根支撐一樓地面的樑柱在天花板上縱橫交錯，唯一的一盞燈是開著的，發出微弱的燈光從天花板垂下，大概壽命已經差不多了，偶爾還會閃爍幾下。微弱的光線無法照亮整個房間，在階梯的對面幾乎是一片漆黑，使得這間地下室看起來彷彿無限深入不見盡頭。昏暗光線照出幾根柱子，或可說這些柱子的大半沒入了黑暗，宛若一個個幽靈佇立地下室中。地面是泥土地，不過壓得非常結實，已經接近石頭質地了。

眼前有一塊寬敞的空間，擺著一張很大的木製書桌。再後方則是林立的置物架，全部集中在地下室的一區，像是圖書館的書架一般整齊排列著。

那個木製書桌很像是作業臺，鋸子、鐵鎚等工具散放桌面，比較不協調的是，有一把全新的大槌子也擺在一旁。

另外還有很像是手術刀的東西也放在作業臺上，忽明忽滅的燈光下，反射著黯淡的銀色光芒。作業臺的臺面，覆著一層黑色的汙跡。

我連忙揮去腦中的想像。這汙跡簡直像是染上了人類的血、變色之後所留下的痕跡。不是，我告訴自己，這些只是油漬罷了。

置物架的前方擺著木箱等等雜亂的物品，彷彿這棟屋子裡老舊又不堪使用的各種物品全收到這兒來似的，說不定，都是這棟屋子剛建好當時的東西。有個缺了數字盤的掛鐘，還有個蓋著褪色毛毯的嬰兒車。

那個女性的歌聲仍持續傳入耳裡，她的聲音從地下室無垠幽暗的最深處，悄悄地傳出。雖然我聽不懂英文歌詞，卻感受得到歌聲中彷彿隨時都將幻滅的空虛，聽得苦悶不已，好似充塞這整間地下室的黑暗渾沌本身正流著淚嗚咽泣訴。

我想出聲，聲音卻出不來。喉嚨深處乾乾的，聲音一直卡在裡面。努力許久，終於發出微弱而顫抖的聲音。

「有……人在嗎？」

我的聲音被黑暗吞噬，歌聲停止了。地下室瞬間被寂靜包圍。

「……誰？」

地下室深處，從置物架一帶傳出一名女子的聲音。是剛才唱歌的人的聲音，她的聲音裡含有些許的恐懼。

「妳是相澤瞳小姐吧？」

我一邊說一邊朝聲音的方向移動，經過作業臺旁邊，打算走近置物架。在地下室裡頭走動是非常恐怖的一件事，前方是自己全然不熟悉的世界，看不見太陽，這裡沒有白天也沒有夜晚。微冥幽暗的世界裡，那盞微弱的光源就是一切。

「她不是瞳喔。」

我在柱子旁停下了腳步。那是一名年輕男子的聲音，同樣從那個置物架後方傳出來。

「我是久本真一，剛才和妳說話的是持永幸惠。」

我的腦中一片混亂。兩個名字都是我從沒聽過的，而且我一直以為只有相澤瞳一個人在地下室裡。

「那……瞳呢？」

「好像在睡覺。我們講話小聲點，別吵醒她了。」自稱久本的男子壓低了聲音。

置物架後方傳來他們兩人悄聲的交談。黑暗中，像是揉擦紙張發出窸窸窣窣的聲響，細細撩撥著我的聽覺神經。他們藏身黑暗裡，而我可以感受到他們盯著我瞧的視線。

非常不舒服的感覺，我無法再往前踏出一步，因為我一點也不想靠近那個燈光幾乎照不到的陰暗角落。想到地下室裡居然有兩個有意識的人藏身其中，我的思路幾乎中斷。

「難道，妳是潮崎的朋友？」名叫持永幸惠的女子問。我腦中亂成一團，為什麼潮崎的名字會在這個時候出現？「因為聽到妳的聲音，潮崎好像有一點反應。」

「他……在這裡嗎？」

「就在我旁邊。」久本真一說，「可是沒辦法說話。不過他聽到妳的聲音，稍微哼了幾聲。」

潮崎在這裡，而且，他們說他沒辦法說話。簡直像什麼玩笑話似的。

低矮的天花板壓迫著我的心，它化為巨大的暗黑手掌，眼看就要將我壓垮。我手扶住柱子，強忍住孤寂，凝神注視他們所隱身的黑暗。

那裡頭有人，我感覺得出來。籠罩四下的漆黑似乎輕晃了晃，終究還是看不見他們的身影。

在我身旁，有些東西從天花板垂吊下來，那是幾十根細線，細線的下方繫著釣鉤。仔細一看，似乎有什麼乾掉的東西這裡一點那裡一點地黏在釣鉤上。

「潮崎他……為什麼沒辦法說話呢？」我問。

短暫的停頓後，傳來久本的聲音。

「他現在是抱膝坐在地上的姿勢，全身都打了木樁，所以沒辦法動，也無法說話，可能是肺部被貫穿的關係吧。當然他還活著就是了。」

「都變這樣了，怎麼可能還能活著……！」

我忍不住提高了音量。只是這樣，卻馬上引起潛藏地下室中的巨大黑暗強烈地震動。

「可是，這是事實喔。雖然我也不知道該怎麼解釋。」

他的聲音聽起來有點不知所措，但試著想安撫我讓我冷靜下來。

「妳先冷靜一點。」傳來持永幸惠誠摯的請求。

這個時候，遮住他們的置物架突然劇烈地搖動，大概是被誰的身體撞到了。雖然架子沒倒，不過放在上面的箱子卻掉了一個下來，落到地上發出巨響。

我摀住嘴巴，往後退了幾步。

在置物架搖搖晃晃之際，電燈微弱的燈光隱約照出藏身黑暗中兩人的身影。那宛如幻影，一瞬閃過暗黑之中，旋即消失蹤影。

一定是我看錯，還是我已經神志不清了。

「不要這種表情啊，從我們這邊可是看妳看得很清楚喔。」持永幸惠說。

她的聲音裡滿是悲傷。

「為什麼……」

我想問她，但是呼吸困難，光是讓自己好好站著都幾乎用盡全身的力氣。剛才看到的他們的身影，已經奪走我腦子裡僅存的一點冷靜，我之所以沒有放聲尖叫逃離那裡，單純是因為我的雙腳已經不聽使喚，想動也動不了。

「我們是被人動過手術的。」

「手術？」

「對啊，來這裡的每個人，都要接受手術。那是一種幸福的手術，最後再關進這裡。不可思議的是，手術一點也不痛苦，就像時間靜止似的，從此得到完全的解放。」久本頓了一頓，繼續說，「這麼說來，妳也是新來的地下室居民嗎？」

地下室居民？那是什麼意思？是指像他們一樣被帶進地下室的人嗎？是這意思的話，那我不是。

「我是來救人的……」我面對眼前的黑暗深處說，「相澤瞳在哪裡？」

總之先帶她離開地下室，愈快愈好。繼續待在這裡，我一定會發瘋。黏糊糊纏住我四肢的暗黑，已經將觸手伸往我的大腦，逐步侵蝕。我想趕快回到地面的陽光下，然後，找人回來幫忙。我必須盡快將久本和持永的身體恢復原狀才行。

「瞳在嬰兒車裡，那是她的床。」久本真一說。

我一邊留意著他們隱身的黑暗角落，一邊走近嬰兒車。嬰兒車很小、很舊，車面的布已經破損，握把上還結著蜘蛛網，車輪原本銀色的金屬部分長滿了鐵鏽，已經壞掉變形了。嬰兒車上蓋著一條毛毯，看不見車內的模樣。

我好想哭。瞳被綁架的時候是十四歲，現在應該十五歲了。這個年紀的她，就算屈起雙腳，也絕對不可能塞得進眼前這臺小小的嬰兒車裡的。

我掀開那條老舊的毛毯。不用說，我的眼睛立刻盈滿了淚水。

毛毯下是少女的臉龐，小到幾乎用雙手便能捧起，雙頰像病人似地蒼白纖細，肌膚裡層的青色血管也清晰可見。她的長髮凌亂，應該有很長一段時間沒洗頭了。

燈光照在她的臉上，一時間彷彿光亮太過刺眼，她呻吟了一下，微微睜開雙眼。發現了身旁的我，她一臉尚未從睡夢醒來似地微張著口。

「唔……」

她發出了聲音。

我的胸口一緊。她被裝在袋子裡。袋子的尺寸只夠裝下她的上半身，但她卻整個人都裝進了袋子裡。靠近脖子的地方，有一條紅色的領帶繫住袋口。

「是誰？」瞳發出輕柔而楚楚可憐的聲音，「妳是誰？是被帶來這裡的嗎？」

不是。我搖了搖頭。我想跟她說我是來救她出去的，但是，一時間我卻說不出任何話語。

我還沒能開口，瞳又繼續問：

「妳也是坐上車子被帶來這裡的嗎？嗳，妳也看到烏鴉了嗎？一直到現在，那隻烏鴉都還會出現在我的夢裡喔。」

她的聲音清脆動人，像隻活潑的小白兔。暗黑之中，這聲音彷彿是我唯一的救贖。

「烏鴉？有啊，剛剛一直停在這棟屋子的屋頂上呢。」我這麼回答她。

「不是，我說的不是那個，是搖晃的烏鴉。」

搖晃的？

「啊，那個人是不是一直說他要換車？不過他很喜歡那個鑰匙圈，就算換了新車應該還是會繼續掛著吧。」

瞳就先留在嬰兒車裡，總之我得馬上離開地下室。我正準備衝上階梯的時候，有人從上面走了下來。是住田。

「菜深，原來妳在這裡。」他說。

我走到他面前，伸出右手一個巴掌便朝他臉頰揮去，刺耳的聲音響徹地下室。

「都是你幹的，對吧！」

然而他的表情卻毫無畏怯，只是一逕望著我。搖晃的烏鴉護身符。瞳之前就是一直望著那個鑰匙圈！就在瞳被他的車子載來這裡的時候，那個鑰匙圈的模樣已經深深烙印在她的眼裡了。

10◆某童話作家

三木緊隨訪客身後，在森林裡狂奔。離自家屋子愈遠，原本多是枯木的林子逐漸出現針葉樹。

突然，前方的訪客消失了蹤影，好像滑下斜坡滾到下面去了。下面那邊應該是一條馬路。

傳來車子緊急煞車的聲音，訪客撞上車了。三木躲在樹幹後面靜靜看著。

開車的人下車來探視。那是一名中年男子，他張望四周不見半輛車，便又回到車上。訪客被留在原地，那輛白色車子旋即逃離了現場。

11

住田的視線依然盯著我看，一面往嬰兒車走去。他的步履像貓行一樣從容不迫。

我懾於他的氣勢讓了開來。

他把手放在嬰兒車邊上，低頭看向裡面的相澤瞳。

「感覺如何？」住田問她。

「還好。」瞳睡意甚濃地回答。

「凶手不是潮崎，對吧？」

對於住田，比起被他背叛而心生怒意，我反而是湧起一股毛骨悚然的感覺。並不是我能夠理解他的行徑，只是，我想起了一件事，一件在我們剛闖進這棟屋子時的事情。

「你早就曉得開關的位置了。」

站在別人家昏暗的後門門口，他卻馬上摸到了電燈的開關。現在回想起來，那絕不是偶然，他一定非常熟悉這棟屋子的一切。

「我是在前幾天才又回到這個久違的地下室。」

住田的手還放在嬰兒車邊上，望著我說。他的表情、聲音，都和我在咖啡店裡認識的住田沒什麼兩樣。

「上次和妳一起送大衣回來給潮崎，對吧，妳還記得在回去的車上跟我說了什麼嗎？」

聽潮崎說他家牆壁震壞了，可是我卻沒看到那面牆。我在回程車上，把這件事告訴了住田。

「聽到的時候我就在猜了，果不其然。壞掉的那面牆，就是被我埋起來的地下室入口。我們來找他的時候，他已經發現牆上的裂痕了，只是一直用壁櫥遮著。」

「壁櫥……？」

住田點點頭。

「很久以前我用磚塊封好那面牆之後，便擺了一個壁櫥擋在前面。潮崎搬來以後還是一直不知道這裡有間地下室，可是，後來這面牆因為地震震出裂痕，潮崎便開始聽見幸惠的歌聲，這是潮崎自己親口跟我說的。妳也跟幸惠聊過了吧？」

他的手指向地下室深處。

從黑暗深處，似乎有數道視線正盯著我跟住田。

「那麼，潮崎也發現這間地下室了嗎？」

「上次我自己來找他的時候，他還不是很確定，大概一直以為歌聲是從收音機還是什麼地方發出來的。」

但是後來，住田繼續說，潮崎好像打算敲開那道牆看看。而為了敲開牆所買的大槌子，就是他之前騙我說買來補牆用的工具。

「然後因為地下室快被發現了，你就把潮崎給……？」

他瞥了一眼地下室深處。我一直沒望向那邊，但我曉得在那片黑暗裡，在久本真一和持永幸惠的身邊，潮崎也和他們一道。

「潮崎是誰……？」

嬰兒車裡的瞳天真地問。

「就是在我之後搬來屋子住的人。上次，我不是帶他下來了嗎？」住田說。

少女於是恍然大悟。

「喔，就是那個被串起來的人哪。」

我發現，在這個地下室裡是以一種迥異於地面上的法則運作著。我拚命強忍幾乎讓我站不住的暈眩，低矮的天花板與稠密的黑暗從四面八方襲來，壓迫著我柔軟的腦袋。

「三天前的夜裡，我親手將自己一年前封住的牆敲了開來。」

結果我卻發現這個洞穴，進到了這裡。住田簡直像在昭告神諭似地緩緩述說。

住田離開嬰兒車旁，舉步朝我走來。

「不要過來！」我的哭喊在地下室裡迴蕩。

他倏地停下腳步。

「你以前住這棟屋子？」

他點頭。住田把他一直到一年前都住在這兒，還有當時在地下室把瞳的手腳切下的事情，一五一十地告訴我。

「搬離這裡的時候，我把地下室的入口跟窗戶都用磚塊封起來了。」

窗戶……

「你在外頭用磚塊砌了花壇，對吧？為了遮住地下室的窗戶……」

「那邊本來就有好幾個花壇了，我只是再加蓋一個而已。」

花壇裡那麼多的枯草，並不是從別的地方連土帶草一起移種過去的，而是在花壇砌好後的這一年內長出來、又枯掉之後所留下來的。

但我還是不懂。在左眼的記憶裡，地下室的窗戶並沒有封起來。而且兩個月前和彌車禍過世的時候，住這棟屋子的人應該是潮崎才對啊。

這時，我赫然發現自己一直都誤會了。真正的事實應該是一個我之前完全不曾考慮過、需要湊巧再湊巧才可能成立的結論。

「你先前都說是在一年前跟和彌認識，是真的嗎……？」

「他是訪客。」

「訪客？」

「就是那些察覺到我的犯行，而跑來調查我的人。他們會在我家外頭東探西看，或是直接找上門來。地下室的久本從前也是訪客，他是在屋旁被我發現的。」

「和彌也是跑來探查地下室窗戶，結果被你發現？」

住田點了點頭，正是這麼回事。

「剛好是一年前。」

我摀住嘴忍不住嗚咽了起來。

我的推論正是事實。左眼上映的那段車禍影像，並不是兩個月前和彌身亡的畫面，而是一年前出過的車禍。

我在圖書館看到的左眼影像裡，最後和彌撞上了車子。當時說不定駕駛馬上踩了煞車，只是因為看著重現影像的我聽不見聲音，也就理所當然認為和彌當場被撞死了，但其實我並無法斷言當時確切的狀況。

和彌那時候，其實沒死。這麼一來，和彌嚥氣的事故現場和左眼影像的車禍現場當然會有出入了，因為根本就是在不同地點發生的兩場車禍。

住田再走近我一步。我卻連尖叫都叫不出聲，搖著頭往後退一步。

「一年前，和彌跑來地下室的窗戶附近偷窺。在我看到和彌之前大概一個星期，我就一直覺得有人在監視這裡。妳今天會來這棟屋子找相澤瞳，也是從和彌那兒聽來的吧？」

我兩手摀住耳朵，但他的聲音仍不停傳進我耳裡。

「和彌從窗戶偷窺地下室，驚覺到我走出來了，拔腿就逃。逃到後來卻被車撞到昏過去，那部車很快便駛離現場了。那是場肇事逃逸的車禍。」

他再走近一步。

「接下來才是重點。妳一定不相信，不過真的很湊巧，和彌醒來之後，什麼都不記得了。他不記得我，也不記得這棟屋子的事，過去整整一個星期之間所有事情全忘得一乾二淨……」

喪失記憶。啊，原來如此。我極度恐懼而幾乎無法思考的大腦，唯獨這件事不可思議地完全能夠理解。

「我沒殺他，也沒把他帶進這間地下室。」

「為什麼……？」

他也有點困惑，沉思了好一會兒，才終於開口：

「很自然就變這樣了吧。」然後補充說明似地繼續說，「只是想試試看在湊巧之上再加上湊巧會怎麼樣。」

「然後這個人哪，就把那名訪客帶去咖啡店了。」瞳說。

「是和彌自己恍惚中要我送他回『憂鬱森林』的。」

記得砂織說過，她第一次見到住田，是在距今剛好一年前，住田扶著喝得爛醉的和彌回咖啡店的時候。

但和彌當時並不是喝醉，而是被車子撞到暈過去，才會顯得意識恍惚。但住田卻編了謊，說自己跟和彌是在鎮上結識的。

後來，他們兩人便成了朋友。

住田在離我數步遠的地方停下了腳步。他的體格瘦弱，甚至有點女性化，即使如此，要抓住我讓我安靜閉嘴，仍是綽綽有餘。

地下室滯濁的空氣瀰漫著緊張，我拚命呼吸還是一直覺得吸不到氧氣。

住田好可怕。他的眼神既不凶狠，也不猙獰，也不空洞，他只是以一種觀察東西的眼神看著我。實驗人員、醫生、研究員……他的臉上一直是這類人物的表情。

「把和彌送回去以後，我馬上離開這棟屋子搬到車站前的公寓去了。當然，是在封完地下室之後。」

搞不好這些對話結束的時候，就是我命運揭曉的時刻。我試著稍微動一動緊繃的四肢，確認自己還有逃離這裡的最後一絲力氣。

「這太奇怪了……如果像你所說，那瞳他們被留在地下室裡就將近一年了，照理來說，他們不可能還活著……」

「事實就是如此。他們身上的傷口都一直沒癒合，所以能繼續活下去，能夠在這個時間已經停止、不見天日的房間裡歌唱談天。這盞燈是我在封住地下室前，換上全新燈泡的，之後就一直開著了。」

他抬頭望向天花板的電燈。這盞燈的壽命已經差不多了，燈光忽明忽滅。

「我們好無聊喔。」瞳悄悄地說。

是放手一搏的時候了。我往斜後方退一步，暗暗向上天禱告。

「那……砂織呢？你搬家以後還是常跑『憂鬱森林』，是為了砂織？」

他用那雙安靜的眼瞳直直望著我。沒有聽到回答，我卻明白了他的心意。

住田再靠近我一步。要動手唯有現在了，雖然我怕得不得了，但或許這份恐懼正是驅使我逃脫的動力。

我的雙腳使盡全身力氣用力一蹬，肩膀朝住田迎面撞過去。

地下室深處的黑暗中，似乎傳來好幾聲嚥口水的聲音。

一股強力的衝擊竄過全身，我無法呼吸，反作用力把我整個人彈了回來。

住田受到這股意外的撞擊，身體直接往後倒。他的身後是從天花板垂下無數的釣鉤，住田就這樣倒進釣鉤之中。

他痛苦掙扎著，釣鉤鉤住了衣服，細線像要將他五花大綁似地纏上了全身。

我拔腿就跑，心裡很清楚他很快就會追上來的。

我衝上通往一樓的階梯。階梯其實不長，但抬頭望見前方走廊的光亮，卻好像怎麼跑也到不了，整個人彷彿在水中掙扎，完全感覺不到自己正爬著階梯往一樓前進。

雖然宛如過了好幾個世紀，其實只是很短的時間吧，我終於爬完階梯來到一樓走廊，新鮮的空氣襲來，我不禁一陣暈眩。

我目標玄關，蹬著地板在走廊上狂奔。

通往外面世界的黑色大門就在我面前，我握住金色的門把一轉。

我陷入了混亂。門只開了一條縫，勉強能夠伸出去一隻手而已。不管我怎麼用力都打不開，仔細一看，才發現把手上纏著家用延長線，不把電線解開的話是打不開門的，要解開電線又得花很多時間。

我馬上明白這是住田幹的好事。焦急中，我想起這棟屋子的後門。於是我立刻轉身，往走廊另一頭跑去。

就在我通過樓梯旁的那一瞬間，腳下絆到一個東西摔了出去。倒地之後，我才發現那是從地下室入口伸出來的住田的腿。

不會痛。我正全力奔跑的時候被絆倒、動作極大地撞上了一扇沒關的房門，卻只覺得像是掉在柔軟的靠墊上，完全不覺得痛苦。

而且我還能跑。正當我打算站起身繼續跑的時候，我看見了。

我看見我的右腳扭成一個非常不自然的角度。不知道為什麼，我並不覺得痛，反而覺得那一帶溫溫熱熱的很舒服。

我不知道自己的身體發生了什麼事，可能是恐懼和焦急讓我忘了疼痛吧。

住田站在我面前。他臉頰上有一些傷痕，應該是被釣鉤弄傷了，衣服也到處都是鉤破的洞，上頭還留著幾個釣鉤，他一定是拚了命才抽身出來的。

我從口袋拿出水果刀，手不停地顫抖。雖然我隱約知道這麼小的一把刀，應該是威脅不到他，也很難讓自己成功脫身，但我別無選擇。

就在我抽出折疊水果刀那一剎那，住田一腳踢上我的左手。我的手夾在他的鞋子和牆壁之間，壓得扁扁的，卻一點也不痛，好似一陣強風颳來而已。

小刀掉到走廊上，他彎腰拾起那把刀。我的腦中警報響起，身體卻無法動彈。一時間我不知道發生了什麼事。他拿刀的手用力壓進我的肚子，我只感到些微的壓迫感。

「這下不能用了啊。」

他說完，望著手上的小刀。不知什麼時候小刀只剩刀柄，刀刃大概是折斷了。他按住我的頭不讓我掙扎亂動，伸出手透過衣服摸著我肚子的部位。

我掙扎著從他手中逃了開來。刀刃剛才可能是卡在我的衣服上吧，斷掉的刀刃掉到地上，發出尖銳的聲響。

我全身上下一點也不痛，好得很。只是剛才被踢到的左手好像不能動了，使勁動動看，也只是像打嗝似地抽動了幾下。

我望向住田，他的視線則是一直停留在我的肚子上。

順著他的視線一看，我的衣服裂了開來，剛才應該是被他刺到了。傷口一帶已經染紅，但並沒流太多血。

有一樣詭異的東西從肚子的傷口垂了下來，穿過衣服裂開的洞，露在外頭晃呀晃的。

剛開始我還以為那是臍帶。

我看了一眼住田的手，手指紅紅的。我想，他剛剛應該是為了掏出那個東西，而把手指伸進我的肚子裡。

我並沒有當場瘋掉，或許是因為我完全無法承認那是自己的東西。我用雙手捧著，感覺熱熱的。

傷口傳出宛如腦子酥酥麻麻的陶醉，一股不可思議的幸福感擁抱著我。

然後，我似乎明白為什麼地下室的居民都不懼怕住田的原因了。

妳逃不掉了。

我的腦子彷彿漂浮在溫暖的水中，從很遠的地方傳來了住田的聲音。

從傷口不斷湧現的強韌生命力，滿溢我的全身，從指尖一直到腦袋的最核心。

但我卻痛恨這種感覺。在我體內深處不由任何人褻瀆的部分，堅決抗拒了這股不自然的感受。

住田對我伸出手，我用力揮了開來。他非常驚訝。

我逃進身邊最近的一個房間關上了門。我想鎖門，門卻沒裝鎖，我只好放棄躲在房裡的念頭，往房間的窗戶移動。有一隻腳已經完全不能動了，只能拖著走。

身後的門打開來，住田跟上來了。他很清楚我逃不掉，只是用觀察者冷靜的眼神看著我的動向。

這扇窗戶是上推式的，本來我還想窗戶要是鎖住了就用蠻力撞破，幸好是連虛弱的我也推得開的程度。我把身體塞進推開窗後出現的長方形空隙裡。

我摔出窗戶，背部先著地，撞擊的那一瞬間我幾乎無法呼吸，不過這股疼痛馬上被腹部傷口所湧出的溫暖掩過消失無蹤。

我就這麼一直倒在地上站不起來，然後發現，自己正躺在那座花壇旁邊。老天爺還真愛捉弄人，我差點笑了出聲。擋住和彌窺探地下室窗戶的就是這座花壇而它現在就在我眼前。

住田也鑽出窗戶過來了。他纖弱的身軀穿過窗隙，敏捷地躍下窗戶站到我面前。

「你……為什麼要殺人？」

我已經沒力氣站起身了，整個人倒在地上仰頭看他。

「為什麼呢，我也不知道。」

住田看上去並不怎麼苦惱的樣子，好像這又不是什麼重要的問題，他覺得根本沒有回答的必要。

「我並沒打算殺他們，只是得把嘴封住。」

我在地面爬行，想離他愈遠愈好。左手的手指雖然無法動彈，手臂部分還可以動，於是我用左手肘和右手撐起上半身，讓左腿側面蹭著地面前進，動彈不得的右腳則是拖行著。

地面應該很冰，我卻完全感受不到，只是很討厭腹部在地上磨來磨去。我叫自己不要去想從傷口垂掛出來的那樣東西。

住田走過我身旁，我感覺到他低頭看著我的視線。

我沒抬頭看那表情，出聲問他說：

「……和彌在兩個月前過世，死因真的是單純的車禍嗎？」

我在心裡偷偷期待問他話能拖延一點時間。只要我繼續講，一定不會被殺的。手臂支撐了我全身的重量，開始因為疲憊而不停顫抖。終於手一軟，我的臉撞上地面，一些小石子跑進了嘴裡。

「是我布置成死亡車禍的。」

住田的腳踩住我肚子拖著那串細細長長的東西。即使如此，我還是繼續向前爬行。咕嘟咕嘟，那樣東西慢慢從肚裡滑出來的觸感，那不成聲音的聲音，通過體內竄上我的腦袋。我的肚子好像變得扁扁的了。

「先蒙住他的眼睛，把手腳弄骨折，然後把人拖到斜坡去。看準有車經過，便把他推下去。」

住田說，他是在推下和彌的前一刻，才將和彌臉上的眼罩取下來的。所以和彌應該一直到臨死之前，都不曉得自己的手腳為什麼無法動彈。

眼前就是這棟屋子外牆的牆角，我伸出右手，用手指扳住牆角。

人的腸子，究竟有多長呢？我手臂使力將身子往前帶，身體在地上拖行，不斷滑出的腸子，另一頭還在住田腳下。

終於掙扎到了牆角，爬到這裡就夠了。我撐起上半身，把背靠在牆角坐了起來。我的臉上滿是淚水和泥巴，視線望向住田。

「你為什麼要這麼做呢……」

「因為和彌的記憶開始恢復了，慢慢地，一點一點地，他開始想起這棟屋子的事，還有自己曾經戴著眼罩前來拜訪的事……雖然和彌自己也理不出頭緒，總之他已經開始跟我聊起這些事了。」

遲早他會想起所有的事。擔心和彌恢復記憶的住田，不得不封住他的嘴……

住田站在我面前。低頭望著我的住田看起來好高，或許是因為我坐在地上的關係吧。他的背後是灰色的天空。住田用教小孩的口吻對我說：

「好嘍，已經玩夠了吧。沒想到連妳都會變成訪客，妳的運氣真的太差了。」

他彎下腰，雙手環上了我的脖子，住田消瘦的臉靠我好近。

「不會痛的。而且，扭斷頸骨我已經很順手了。」

我的右手在住田看不見的地點摸索著，手指游移在屋子外牆的側溝裡，終於在爛泥和腐葉中找到了那樣東西。

「我想你誤會了。」

我哭著說：

「我才沒有運氣差。費盡千辛萬苦揪出你，完全是我自己的意思……」

我擠出全身僅存的最後一點力氣向住田刺去，手中握著的是已經放在那裡超過一年、和彌掉落的一字起子。

12◆某童話作家

三木過去扶起那名倒在地上的男子，他還沒死，看來只是昏了過去，身上也不見有什麼傷。

殺了他，或是把他帶回屋子封住他的嘴。三木必須二選一。

這時，男子在三木的懷裡發出呻吟。眼疾已經痊癒了嗎？前幾天他假扮客人登門拜訪的時候，臉上還戴著白色的眼罩，今天卻不見眼罩的蹤影。

男子微微睜開了眼，不過眼神還很恍惚，視線遲遲沒聚焦到三木身上。

不過，他似乎感覺得到自己身旁有人。

「……是誰？」

必須在有人來之前，封住這個男子的嘴。就在三木下定決心的那一刻，男子又說話了。

「這裡是哪裡……」

三木把男子拖到路旁問話。男子最後的記憶是在咖啡店點了咖啡，之後的事全不記得了，連三木的事也忘得一乾二淨。

「你是誰？」

這不重要，三木說。男子像是漂浮在夢裡無力地點了點頭。

三木手裡還握著那把鐵鎚，只要舉起鐵鎚敲壞腦部，男子就死得成了。

男子又迷迷糊糊地閉上眼睛。就在三木舉起鐵鎚的瞬間，男子又開口了：

「可以麻煩你送我回去一家叫做『憂鬱森林』的店嗎……」

三木沒有奪走男子的性命，完全是湊巧。既然他已經喪失記憶，就沒有下手的必要了，感覺反倒是揮下鐵鎚以後的善後比較傷腦筋。不管是把屍體留在原地，或是帶回家裡，都是件麻煩的大工程。

三木把鐵鎚隨手拋進一旁的草叢，一肩扶起男子，往他說的那家咖啡店走去。雖然沒進去過，三木曉得地點在哪，平常開車常會經過那家店門口。

到達「憂鬱森林」的時候天已經黑了。這一帶路燈很少，唯有點亮照明的咖啡店彷彿漂浮在黑暗中。

徒步走來咖啡店的途中，男子又昏了過去。三木於是背著男子，推開咖啡店的門。

「和彌……！」

吧檯裡的女子一看到三木背上的男子便叫了出聲。

三木把男子放到餐桌旁的長椅上。

「不好意思，我弟弟給你添麻煩了……」

女子一邊照顧男子，一邊低頭向三木道謝。三木扯個謊說男子醉倒了，雖然男子身上並沒有酒氣，女子卻不疑有他。

「糟了！這裡腫起來了！」女子撫著男子的頭說。

三木解釋，因為來這裡的途中男子絆了一跤。

環視店裡，沒半個客人。剛才在吧檯裡的這名女子就是店長嗎？不過，看起來太年輕了，大概只是工讀生吧。

三木心想該回去了，便走出咖啡店。身後女子追了出來叫他，三木決定當作沒聽見。

離開咖啡店，往家的方向走去。黑暗中，三木一路想著咖啡店裡的裝潢和那名昏過去的男子。

然後是那名照顧男子的女子。她長得很像小時候在醫院裡認識的少女，就是那個沒了前臂的女孩。如果她長大成人，臉蛋應該就是長這模樣吧。

三木察覺自己插在口袋裡的手無意識地把玩著一個金屬物，是那個男子在屋子四周調查的時候遺落的金色手表，還一直在三木的口袋裡。

三木停下腳步，思考了一下。沒必要把表還回去。

不過幾分鐘後，三木還是再次推開了咖啡店大門。

「謝謝你專程送回來。這個，是非常重要的手表呢。」

女子感激不已地雙手捧著手表。三木沒想到她會這麼感動。

「請問你的大名是……」女子帶著幾分熟稔地問道。

太像了。

三木報上了本名。

「那，就叫你住田先生嘍。」

女子把手表放到吧檯上，發出金屬冷硬的聲響。

三木轉身正打算離去，女子一把抓住了他的手。

「請喝杯咖啡再走。」

女子露出一口貝齒微笑著，幾乎半強迫地讓三木在吧檯前坐了下來。

眼前吧檯上手表的秒針，正以一定的速度移動著。

5 章

1

醫生允許我會客那天，是在入院後的第三天。

那天，我躺在床上恍惚地回想從前的事。不過雖說是從前，在我大腦裡最舊的回憶，也不過是兩個半月前的事情而已。

當我同時失去左眼和記憶的時候，也是在這樣的白色房間裡醒來。我混沌了好一陣子，到現在還是想不起來那幾天裡我都在想些什麼，一定是腦中一片空白吧。我既沒有餘力思考，也不知從何思考起。

我只記得，一直有一股非常非常不安的感覺。

病房門打開了。在這之前，走進病房探視我的不是醫生護士，就是警方的人。不過這次不一樣，謝絕會面的禁令已經取消，這是第一個來看我的人。

房間的門口，站著一位很面熟的女性。

「妳是特地來看我的嗎……」我仍躺在床上說。

媽媽聽了馬上紅了雙眼，點點頭。

媽媽來看我的前一天，來病床邊找我的是警方的人。

他們一行三個人，全都身穿西裝。我請他們坐，他們卻堅持站著，在床邊低頭對著病床上的我談事情。我因為傷口在腹部無法坐起身，只能躺著和他們說話。

他們說，希望我答應盡可能不向任何人提起這次的事件。因為整件事太怪誕了，他們不希望被報紙或電視報導出來引起不必要的恐慌。

請不要把這件事情的經過告訴任何人，我答應了。

但結果，我還是沒說出左眼球的事。

我全身上下接受了許許多多的檢查，讓我明白到自己在那棟屋子所體驗到的事情是多麼不尋常。為什麼我在受了那麼重的傷之後還有辦法活動，連醫生都感到不可思議。我跟醫生說我並不覺得痛，醫生更是大惑不解，只能一再檢查我的身體。

我想，瞳他們應該也接受了和我一樣多、甚至是更多的檢查吧。不過，自從在那棟屋子被警方接走之後，我一直沒再見到他們。

三名男子事情交代完後，正打算離開病房，我叫住了他們。

「請問，相澤瞳現在在哪裡？」

其中一人回答了我的問題。

男子說，瞳現在正在別家醫院接受檢查，等治療結束，她就會回父母身邊去。

「那潮崎先生呢……」

短暫的沉默之後，男子說出了潮崎的死訊。潮崎在檢查過程中，像是睡著似地停止了呼吸，據說是因為他身上的木樁刺傷了心臟的關係。

我不知道這是不是事實，也無從求證。

「謝謝你們告訴我。」

我向他們道謝。

那名男子轉身正要離去，又停下腳步。最後他再問了一次那個問過我無數次的問題。

在那個地下室裡，除了被警方帶回來的我們之外，還發現有其他人受傷的跡象，所以他們想知道，除了被救出來的人以外，是不是還有其他人在裡面。

「我不知道。」每次被問到這個問題，我都搖搖頭這麼回答，「我在地下室裡發現的，只有相澤瞳和潮崎先生……」

那個時候……

確認住田已經斷氣之後，我把垂落在肚子外面細細長長的東西用手攏一攏收在一起。我並沒有發狂尖叫，只是專心一意把沾了泥巴的那樣東西塞回我肚子的傷口裡。現在回想起來，這個舉止簡直異常極了。不過當時的我，一直深信這樣才是最妥當的處置。

我不覺得痛。腹部、左手還有扭曲的右腳，都被一股幸福的溫暖包覆，腦袋也因而開始朦朦朧朧了起來。

身體很重，懶懶地提不起勁。雖然已經耗掉大半體力，我還是勉強倚著牆站了起來。靠著沒受傷的左腳，花了很大工夫終於回到剛才逃出來的窗戶前，我再度鑽過窗子回到屋子裡。因為我想既然玄關的大門綁了電線無法打開，後門極有可能也是相同的狀況。但我必須打電話求救，而這也成了支撐我站起身子、爬進窗裡的唯一動力。

連絡好警方和救護車之後，我再度往地下室走去。一時之間我甚至忘了右腳的傷，還打算用雙腳走路。

即使住田已經不在了，地下室裡還是充滿濃濃的陰鬱。我告訴瞳和在深處蠕動的人們，住田已經死了。

「唉，還是發生了。」瞳在嬰兒車裡輕聲低喃，「求求妳，可不可以帶我去找那個人？」

我猶豫了，最後還是決定抱她回去剛才住田倒下的地方。左手的手指雖然無法動彈，抱她倒是沒妨礙。瞳很輕，很小，很溫暖，她就像是個有著體溫的小小塊狀物。

我抱著她，緩緩地上樓。只靠一條腿爬階梯相當辛苦，我解開玄關大門上的電線，繞著屋子外牆往西南方的牆角走去。做完這一連串的事，我僅剩的一點力氣也幾乎用盡了。

住田仍然倒在地上，眼睛插著起子，應該是插到腦子裡了吧，我想。雖然我幾乎沒有任何醫學知識。

瞳在我懷裡低頭望著住田，無聲地哭了起來。她所流下的淚水，即使是在事後回想起來，我仍不覺得那是為了曾經傷害自己的人流的淚。但是，她對住田究竟抱持著什麼樣的情感，我無從得知。

我已經沒有體力再返回地下室了，只好和瞳在玄關旁邊等待警方到來。

我坐在地上，背靠著玄關旁的柱子，懷裡抱著瞳嬌小的身軀。

「謝謝妳來救我。」她說，「我終於可以回家了，對吧？」

我點點頭，意識已經開始朦朧，但不是因為疼痛，全身的疲憊就像一件溫暖的毛毯，將我的意識緊緊包裹。

「我可以睡一下嗎？」

我話聲剛落，在聽到回答之前已經閉上了眼睛。

警車的警笛將我從夢中喚醒，衝過來的警察看到瞳嚇得瞪大了雙眼。

「地下室裡還有三個人……」我說。

警察鐵青著臉，進屋子裡去了。但是，過一會兒回來玄關的警察卻摀著嘴說，地下室裡只有一個人。

「沒關係，一定是這個大姊姊記錯了。」

聽到瞳這麼說，警察一臉像是看到什麼恐怖東西的神色，輪流望著我們兩個，轉身便衝回警車呼叫支援了。

「這樣就好。」

相澤瞳抬起頭看著我，眨了一隻眼睛。雖然意識朦朧，我知道這並不是夢。

在玄關旁，我仍閉著眼，聽見了開門的聲音。接著似乎有什麼巨大的東西從我身旁經過，臉頰感覺得到那股空氣的壓力。

我微睜開眼，那是一個由人體交錯組合而成的詭異聚合物，接在胴體上的兩個頭，正和瞳互道珍重，好幾隻手的其中一隻伸了出來，憐愛地摸了摸瞳，那隻手臂非常細，感覺像是小孩子的手。

接著他們便像蜘蛛似地蠕動著手腳，消失在森林中。

「他們倆的事情，是祕密喔。」瞳說。

我也望向瞳，閉上了左眼。讓她知道我不會留下這段記憶的。

2

這個事件最後被當作綁架監禁案件處理，凶嫌名叫住田道雄。報紙報導說，他在大學就讀的同時，也以童話作家的身分進行寫作。

砂織常來看我。這家醫院位於市中心的繁榮地帶，不會開車的她每次都請木村或是京子開車帶她來。

她擔心我住院無聊，帶了很多漫畫和小說來給我。

砂織絕口不問我在那棟屋子裡發生了什麼事，她曉得這件事對我來說就像一場惡夢，體貼地不讓我再回想起來。

雖然與事實有些許出入，不過整件事情的經過大概就如同砂織帶來的報紙上報導的一樣。那棟屋子的前一個房客是住田，他把相澤瞳一直藏在地下室裡，發現了這件事的潮崎於是遭到毒手，我也因為潮崎而被捲入事件受了傷。

所有報紙或雜誌裡，都沒提到瞳沒了手腳的事，還有她這一年多來是怎麼生存下來的。雜誌上刊載著住田的詳細介紹，還將他以筆名三木俊發表的童話故事做特輯發表。

他是某家醫院院長的獨生子，念高中的時候便以童話作家的身分出道，為了通學方便，在學校附近的公寓租屋，之後便一直是離家一個人過生活。

住田高中畢業進了大學，仍繼續寫作童話，而大學時所租的屋子就是楓町的那棟藍磚屋。大學一開學他就搬進去，住了兩年。後來，也就是距今一年前他退掉藍磚屋，搬到大學附近新蓋的公寓裡。

住田搬離藍磚屋之後，接著住進去的就是潮崎。

持永和久本兩人的事情仍然沒人發現。雖然警方可能察覺到什麼，不過雜誌上完全沒有他們的相關報導。他們倆是什麼時候開始被關進地下室的呢？

瞳在一年前被綁架，而和彌搞不好在綁架案一發生後，馬上就追到那棟屋子去了。我想持永和久本一定是在瞳變成那副模樣之前，就已經在地下室了。

住田的確說了，和彌曾經拜訪過那棟藍磚屋。這樣的話，為什麼我第一次踏進那棟屋子的時候，左眼並沒有喚起當時的記憶呢？是因為我剛好沒看到可以成為關鍵鑰匙的事物？運氣還真差。要是和彌當初到過屋子的記憶復甦，說不定我馬上就能夠確認凶手是住田了。

等等，我忽然想起一件事。沒錯，既然時間是一年前，正好就是和彌戴著眼罩的時候，而且剛好遮的是左眼……如果和彌是在那種狀態下前往藍磚屋，左眼當然不會留下任何記憶。

週刊雜誌和電視新聞的報導中，很多人提出各種論點推測為什麼住田會做出傷害殺人的行為。

譬如說，藉由傷害他人能夠獲得快感，或是他心中一直壓抑著對人類的厭惡，或是想模仿國外殺人犯等等各式各樣的臆測。不過，我總覺得住田不屬於那裡面的任何一種。

我眼中的住田，還要更冷靜，感覺像是科學家。我開始回想，當時對於拖著內臟在地上匍匐爬行的我，住田只是低下頭靜靜地看著。在那段惡夢般的記憶裡，不知為什麼，他總是一身醫生的白袍，雖然事實並非如此，但一直有個什麼讓我對他有著這樣的印象。或許他並不是在殺人。他只是把人分解，只是想要一直凝視所謂的生命究竟是什麼。

然後，我不知道那是神的祝福，抑或是惡魔的詛咒，他剛好擁有那種不可思議的力量，成了他凝視生命用的手術刀。至於那種力量到底是什麼，我想就算我想破頭，也想不出一個說服得了自己的答案。當我的肉體被他弄傷、拖著內臟在地上爬行的時候，感受到的卻是全身被柔和光芒所包圍、身體彷彿變成羽毛般的幸福感受。那種感覺並不是超能力，也不是藥物幻覺之類的東西。我想，我們身處的這個世界，一定只是一部投射在螢幕上的電影，其實是單薄而毫無厚度的。而住田所擁有的那種力量，就彷彿將螢幕弄開一個小小的洞，相當於那股力量的暗黑便從那個小洞緩緩爬出，將電影一點一點侵蝕。

我查了一下，聽說他之前也有過好幾次犯罪紀錄。對，是八卦雜誌上寫的，聽說雜誌是從他以前住的公寓一帶採訪到好幾則這類消息，但我其實無法求證這些報導的真實性。

我要是在病房裡翻著這些雜誌報導，砂織總是露出一臉悲傷的神情。雖然她什麼都沒說，我想她是想起了住田吧。所以後來，我再也不在砂織面前翻閱事件的報導了。

結果我還是沒把和彌其實是被住田害死的這件事情告訴任何人。因為砂織一直以為和彌是車禍死的，如果知道了事實，只會讓她更難過。

「砂織，那天妳去京子小姐家做什麼？」

當時，砂織正在削蘋果。

「也不是什麼重要事情。」砂織說。

她告訴我之前送咖啡豆去京子家時發生的事。

「我偶然間看見京子小姐和她小孩的合照……」

砂織總覺得曾經見過那個小孩。雖然照片裡的臉還未脫稚氣，不過砂織幾乎當場就確定了。

「那個小孩就是在我父母喪禮時，過來向我跟和彌道歉的那個年輕人。」

太意外了。

「就是在製材廠上班的……？」

砂織點了點頭。

和彌與砂織的父母喪命的那個意外，肇事者便是這名年輕人，之後他因為深感罪惡，在楓町自殺身亡。

後來砂織去跟製材廠的人詢問這名年輕人的姓名。

「京子小姐她先生也過世了。」

從父母同事那裡打聽到年輕人的姓氏，和京子在先生過世前冠的夫姓是一樣的。

京子會搬到這個鎮上來，一定是因為那個孩子的關係。

「看到照片的時候，我沒能當場跟京子小姐確認這件事。不過過了幾天，我還是上她家去問她了。」

一開始京子否認了，不過後來砂織又登門拜訪了好幾次，京子才終於證實砂織的猜測。

說完後，砂織一直凝視著我的眼睛。我腹部的傷口雖然已經開始癒合，還是不能坐起身，我只好躺在病床上承受著她的視線。

砂織自顧自地把蘋果放進我的嘴裡，我也乖乖地一口一口咀嚼著。陽光從窗外撒進來，病房裡非常安靜，只聽得到咬蘋果的清脆聲響。

「姊，其實我有一件事情瞞著妳……」

我很自然地脫口這麼喚她，而砂織也完全不覺得怪。

「其實我跟和彌並不是朋友的關係。」

「嗯。」

雖然不曉得砂織會不會相信，我開始向她述說發生在我左眼那些不可思議的事，只隱瞞了和彌的車禍等等跟這次事件有關的部分。

3

在腹部的傷口癒合、手腳的骨折痊癒之前，我的身體狀況一直很奇怪。我對於疼痛及氣溫變化的感覺變得非常遲鈍，也沒有食慾，覺得好像不必吃東西也活得下去。

被住田切斷手腳的瞳在地下室生活了一年之久，推論都說她之所以沒有餓死，是因為整段時間都靠地下室裡的罐頭維生。

我不知道該怎麼解釋，但我覺得真正的原因並不是那樣，或許該說，是我身體所感受到的那股力量，把她從人都會死的自然法則中切離開來的吧。

身上的傷完全痊癒之後，我的身體感官便恢復原狀了。

出院後，我回到家裡展開新生活，也順著砂織和媽媽的意思回學校上課，雖然我很不想去。我還是和以前一樣，念書和運動都很糟。

只不過我也不知道為什麼，這樣的我，居然也交到可以聊天的朋友了，也因為這樣，上學漸漸變得有趣了起來。

一有連續假期，我就會回楓町找砂織他們。雖然有點擔心這樣會不會給大家帶來困擾，不過舅舅總是開心地留我住下來。砂織沒有把我眼球的事情告訴大家，所以舅舅對於我與和彌的關係，還是繼續有那麼點誤會。

第一次和砂織、舅舅一起吃飯的時候，我記得那天兩人都靜靜吃著自己的飯，彷彿不覺彼此的存在。不過，這樣的狀況也有了變化，雖然不是很明顯，不過現在的用餐時間已經有一點溫暖的幸福感，我在想或許是因為砂織和舅舅已經漸漸從逝者的陰影中走出來，如果真是這樣就太好了，我在心裡祈禱著。

我再度造訪和彌的墓。因為是瞞著砂織自己去的，花了很多時間尋找和彌的安眠之地。就在我走到全身無力，心想要是再找不到可能就要累死路邊的時候，終於發現了冬月家的墓。

我把整個事件已經落幕的消息，告訴了和彌。不過，我想他應該早就知道了，因為他自己的左眼已經目睹了整個事件結束的瞬間。

那一天，天空飄著薄雲，太陽透過雲層撒下光芒。我站在林立的墓碑間，向和彌致上最深的謝意。

謝謝你。謝謝你讓我看到你的記憶。因為你一直在我身邊，我才沒有在中途退縮，才能夠一直努力到最後。

我閉上眼睛，在心裡這麼對和彌說。又憐又愛的情緒湧上心頭，我幾乎喘不過氣來，鹹鹹的淚水撲簌簌地落下。

只要去咖啡店「憂鬱森林」，都遇得到木村和京子。他們兩人似乎都覺得我到店裡是再自然不過的事，一陣子沒看到我甚至會擔心我是不是怎麼了。

每當坐上和彌坐吧檯的老位置，木村送上咖啡歐蕾，總是讓我回想起第一次踏進這間店的時候。我環視店內，都是再熟悉不過的擺設。

我望向那幅潮崎的畫。

「聽說是從他留下的遺物裡得知的……」

木村說，潮崎愛著的那位女性，就是在這個鎮出生長大的。

「你是說畫裡的那個人？」

他點點頭。

我把臉貼近畫定眼凝視，不靠這麼近幾乎看不見畫上的一個小點。那是一位佇立在湖畔、身穿紅色衣服的人。

「問了名字，才知道是我也認識的人。她從前也是這家店的常客。」

後來她在外地過世，潮崎便搬來妻子的故鄉楓町。原來潮崎並不是一時興起把這幅畫送給咖啡店的。

我終於了解，大家都在這個城鎮中，望著逝者的身影。

「菜深，妳好像跟以前不大一樣了。」

隔了好一陣子不見，京子和砂織居然異口同聲這麼對我說。

「哪裡不一樣？」

我問她們，兩人也說不出個所以然。後來想想，或許是我自己在不知不覺中有所改變，而她們也在潛意識裡察覺到了吧。

砂織和京子看起來就像母女一樣。聽說砂織只要一有空，就會去京子家聊天，兩人不只聊逝去的人們，也聊些無關緊要的生活瑣事。

有時候，砂織會把弟弟遺留的手表拿在手上把玩，悲傷地望著再也不會動的秒針。不過我知道，砂織心裡那個停在和彌死亡時間的手表，已經開始一點一點地動了起來。

我在店裡重讀住田寫的書，就是那本叫做《眼的記憶》，描述少女將眼球放進眼窩中便能見到夢境的童話故事。

和彌的眼球漸漸看不到過去的影像了。常常一整天到了臨睡前，才發現今天好像都沒看見和彌的記憶。

說不定我已經將眼球裡烙印的影像全部看完了，也有可能因為這個眼球已經完全成為我身體的一部分，所以以後再也看不見了。

我隱約覺得，或許後者才是正確答案。眼球讓我看見的過去，一定得是自己以外的別人才行，要是全是我自己看過的景象不斷重複播映，它應該也會忙不過來吧。

剛開始看不到和彌的影像，有點寂寞，但過一陣子，終於也習慣了。

左眼最後一次播放的影像裡，出現了住田。那是在燦爛的陽光下，和住田並肩坐在一起，拿小石子朝空罐扔的畫面……這也是我第一次看到出現住田的記憶。

之前在圖書館裡看到的，並不是和彌喪命的瞬間。事實上和彌是在住田給他戴上眼罩帶到路邊後，推向駛來的車輛時，才遇害身亡的。我並沒有看見和彌嚥下最後一口氣的那一刻。

雖然我一直這麼認為，但有一天，我突然發現我錯了。我應該是看過那一刻的。

之前，我曾經做過一次被車碾過、非常逼真的惡夢。

犯案當時，住田給和彌戴上了眼罩。一定是眼罩下的漆黑一片，和我閉上眼睛時的漆黑重疊在一起，而引出了那段記憶，那時我可能睡著了或是正在打瞌睡，於是看見了那個衝到車子前方的影像，之前我還一直誤會那只是普通的做夢。不過當然我並無法斷言那正是那場死亡車禍，說不定全是我自己的一廂情願，不過，我還是這麼相信著。因為，那輛肇事的車輛雖然在惡夢裡只是一閃而過，但車身是藍色的。

我是在後來才知道，撞到和彌的車子是藍色的。而我在圖書館裡看到的影像，車體卻是白色的。在我夢到那個逼真的惡夢的時候，還不知道撞到和彌的車子是什麼顏色，但我卻看到了藍色的車，由此可證明那並不只是單純的夢而已。

我闔上書，叫住了砂織，正打算點飲料的時候，視線瞥見吧檯上擺著的花瓶。我想起之前曾經看過砂織弄倒那個花瓶的影像，但不可思議的是，花瓶裡的花居然和影像裡一模一樣。

是假花嗎？我伸手摸了一下，是真的。該不會是因為砂織還是木村堅持要一直插上同一款的花吧？

「那些花，是以前住田摘來送給砂織的。」木村說，「到現在都沒枯呢，很不可思議吧？」

越過白色花朵的那一側，砂織擤了擤鼻子。

4

夏天。我在房裡吹著電風扇，突然憶起了某件事情。

我沒辦法很具體地說明，因為那並不是一個明確的回憶，也沒有具體的形體。只是，在我的腦子裡出現一股奇異的不協調感，就像喉嚨裡卡了什麼東西吞不進去，我的世界和現實的世界之間變得不協調，很像即將從夢裡醒來的前一刻，察覺到自己似乎還在夢中似的那種不舒服的感覺。

我有預感這大概是記憶恢復的前兆，而我猜的沒錯。

我的記憶一點一點地恢復了。之前我一直很害怕這一刻的到來，但實際上卻來得非常自然而順暢，我並沒有產生任何抗拒。

我很自然地回想起小學導師的姓名，也記起了全家人一起出去旅行的情景，現在的我，反而覺得前陣子一直不會彈鋼琴簡直就是不可思議，學校的成績也突飛猛進，我不用說當然很開心。

「妳真的是菜深？」砂織偏著頭，一手拉著我的耳朵問。

哎呀放開我啦，就說我沒變裝嘛。我笑著躲開了她的手。

「覺得妳看上去穩重多了。」

她將一邊手肘撐在吧檯上，神情有點落寞。事後回想起來，或許對她來說，這正是她和弟弟的別離。

我一直認為我就是我，從沒變過。然而遺忘卻像頭怪物，趁我不注意的時候靈巧地把我從我身上抽離走。然後，就只剩下出生到這世上便存在至今的這個我了。為避免誤解，這裡提到的「我」與「記憶」是兩碼子事。

在楓町時的記憶都還留著，我也記得自己在楓町做了些什麼。只不過，思考事情的自己，卻完全像是不同的人。

喪失記憶時的我，像是急就章搭在不穩地基上的一棟建築物。現在回想起那時候的自己，根本就是跟自己毫不相干的別人，無論是待人接物的行為或是思考模式，全都跟現在的我不一樣。

就像媽媽說的，連我的舉動都完全像是陌生人。

「我從沒看過妳那麼畏畏縮縮的樣子。」

本來我的個性就擅於與人交談，勇於表達自己的意見，所以突然間變成一個幾乎不開口跟任何人說話的人，真的把媽媽嚇壞了。

我凝望著鏡中自己的左眼。已經很久沒看到和彌看過的影像了。不管我看到了什麼，都無法成為那把開啟記憶盒子的鑰匙。

有時候我甚至會想，那個事件真的發生過嗎？

我收到警方送來的信，就是在那個時候。

夏天結束，馬上就是大學的入學考試了，我每天都上補習班。那天我很晚才回到家，爸爸交給我一個信封。

那是一個淺藍色很可愛的信封。一看到這個信封，腦中立刻浮上相澤瞳的身影。我在地下室發現她的時候，包裹她身體的布袋就是用這種淺藍色的、觸感很好的布料縫製成的。

看了看信封，寄件人的地方寫著相澤瞳的名字。

我回到自己房間，坐到書桌前打開這封信。裡面的信似乎是瞳託她媽媽代筆的，因為不知道我的地址，所以請警方轉交給我。

信上寫了一些感謝的話語，還說有機會希望再跟我見個面聊聊。

我反覆讀了好幾遍。那段非現實的、惡夢般的記憶再度湧現，卻彷彿已是他人的記憶。

我想起了嬰兒車裡相澤瞳嬌小的身軀。

還有久本真一和持永幸惠。

到目前為止，仍沒聽說他們兩人被發現的消息。他們是不是還在山裡？還是，他們其實根本就不存在？

我想像著他們龐大的身軀靜靜地潛藏在樹林間，下雨時就躲進岩壁裡的山洞，兩人一起望著滴落的雨水。伸向不同方向的手腳慢慢蠕動著，兩人緩緩往不被人發現的黑暗深處移動……

我拿起桌上很久沒翻開的活頁本，那本寫滿了左眼影像的紀錄本。

才在不久之前，自己還抱著這本沉重的活頁本在楓町裡頭四處走動。因為翻閱得很頻繁，內頁都破破爛爛的了，上頭寫滿了字，卻完全不像是我所寫下的東西。活頁本裡填滿了少年時期的和彌見過的景色、砂織的表情、左眼讓我看見的許許多多影像。

我一頁一頁翻閱著。

開始遺忘的感覺，竟然在這一刻甦醒。從和彌繼承而來的左眼唐突地湧上一股溫熱。

我既訝異又困惑。因為自從記憶恢復之後，眼球一直都是沉默的。

眼裡的活頁紙頁面開始出現疊影，右眼和左眼看到的影像漸漸錯了開來。我於是靜靜閉上雙眼，右眼的影像消失了，眼前的影像慢慢定焦在左眼的畫面裡。

我的視線離開Ａ４活頁本，抬起頭來看到的，不是自己的房間而是楓町。

眼前是荒廢的鐵道向前延伸到遠方，鐵道的一側是一座座著長滿針葉林的高山聳立，微弱的日照下針葉林幾乎一片漆黑。鐵道的另一側則是蕭條的街景，高聳的鐵塔成排林立。左眼裡，我正走在遍地枯草的山丘上，一邊翻閱手上的活頁本。

我馬上就察覺這並不是和彌的記憶。

原來左眼都記得。記得我四下尋找相澤瞳、追查凶手；記得我尋找藍磚屋、在鎮裡到處探訪；記得我耐住寂寞、走在風中；記得我不知所措、既恐懼又不安。這些都確確實實地烙印在眼球裡。

我一直看著，那道延伸到遙遠森林的生鏽鐵軌，還有自己站在鐵軌上的雙腳，搖搖晃晃仍執意踩在鐵軌上蹣跚前行。

那時候的記憶還留在我的腦海裡，我也一直記得當時的我在想些什麼。但現在的我的思考模式，卻和那時候不一樣了。感興趣的事物不同，對於臨時狀況的反應也相去甚遠。

因此我想恐怕，她並不是我。就如同失去了記憶而感到不安的她，也只意識著她自己一樣，現在的我對她而言一定也是完全不同的另一個人。

有學識或是冷靜的人，或許會主張「她」事實上是不存在的，或者說，那只是「失去記憶時的我」。

我面對書桌上打開的活頁本，靜靜地閉上眼默禱。「她」的消失，正等同一個人的死亡。我不想聽到任何人說「她」是不存在的，或說那只不過是記憶發生障礙時所生的結痂。因為這個與「我」截然不同、遠比我更沒用的「她」，確確實實存在過。

更何況，「她」的眼球所看著的景物，一定都是她自己以外某個人的記憶……她在這個世界上只存在了非常短暫的時間，遭遇了許多的困難，每每因此痛苦不已。她的內心有多難受，我完全明白。

在學校裡大家不斷提起我的事情，她總是被拿來和我比較，連自己的存在都覺得是可悲的；她四處徘徊找不到自己的歸屬之地，在心中不停哭喊；她什麼事都做不好，深深地感到自卑。

但是，她卻從不認輸。不管眼前的事物多麼令人恐懼，她都勇於面對，從不放棄。

我仍閉著雙眼趴到桌上。她幫我重新佈置過的房間還維持原樣，靜謐的夜色從窗戶悄悄地進到屋內，那是揮別了夏天的沁涼空氣。距離她踏入楓町，已經半年了。

看著記憶中，在陰鬱的天空下抱著沉重行李走在鐵軌上的她，我在心裡立下誓約。

我絕對不會忘記妳的。妳比我所認識的任何人都要來得堅強。我會把妳放在心中，直到永遠。

END

解說　顏九笙

在憂鬱森林思索死亡（或者不死）

讀完《暗黑童話》之前，我一直在擔心一個問題：我已經先讀過乙一後來寫的《GOTH斷掌事件》，非常喜歡。許多人說這兩本書屬於同一類型，都是以連續殺（傷）人事件做為故事發展主軸；而且《暗黑》裡的變態只有一個，《GOTH》裡面卻是一大票，聽起來後者似乎有壓倒性的優勢。「後出轉精」是一種很合理的揣測，所以，《暗黑》會不會比不上《GOTH》精彩？我讀完以後，會不會覺得《暗黑》只是未成熟的《GOTH》，然後因此大失所望呢？

還好，我沒有失望。在我看來，兩部作品之間有某種本質上的不同。這麼說吧。如果要用一句話界定《GOTH》是什麼，我會說它是帶有某種詭異喜感的「殺人魔成長觀察日記」；死亡在書中雖然扮演要角，死亡與生命的「意義」卻不是重點。可是，《暗黑》就不同了——我認為，這本書的內容的確在思索生死的「意義」。

《暗黑童話》的整體氣氛安靜而憂鬱，死亡氣息濃厚。這不只是因為書裡出現的死者很多（應該還有其他死亡密度更高的作品吧），而是因為書中的活人都對死者充滿依戀。菜深就是被和彌的死亡之謎牽引到楓町；她與親友關係疏離，對已死的和彌反而感覺親近。和彌的姊姊砂織見識過太多的死亡，雖然她還是照常工作生活，卻往往心不在此。砂織姊弟的舅舅，一直因為對病逝的妻子不夠好而深深自責；京子、潮崎分別來到楓町定居，也都是為了繼續悼念亡者。難怪眾人聚集的咖啡店會叫做「憂鬱森林」！就連店長木村也一樣：他年年為不明原因自殺的友人晒鞋子。

至於運氣不佳的和彌，似乎特別容易捕捉到別人失去生命前的關鍵時刻：不僅目睹父母之死，也曾在不經意之間和店長的朋友擦身而過——當時這個人正打著赤腳走路，準備去自殺。看著生命不斷地失之交臂，到底是什麼感覺？他發現自己錯過機會，沒能救到「完整」的瞳時，想必百感交集。他會以身犯險，或許就是因為心底的那一絲遺憾吧？

在其他小說裡，死亡常常被界定為生命的反面——生跟死互為否定，不是嗎？但在《暗黑》裡不同。除了生與死以外，還有另一種奇異的狀態：不死。不死或許是死亡的否定，但又不等於「生命」本身。

童話作家三木的特殊能力，就是讓人重傷而「不死」。受害者甚至會進入一種奇異的慵懶恍惚狀態，雖然還有意識，卻沒有強烈的痛苦恐懼，對自己的生死也不怎麼在意，不需要吃喝也能夠活下去。受害者真一甚至這麼說，「你一定是神的孩子啊。被你弄傷的東西，在那一瞬間便逃過了死亡，從傷口甚至感受得到奔流而出的生命力。多麼可怕的矛盾。你總能讓某個人繼續生存下去，超脫人類死亡的自然法則……」幸惠則形容，三木的「幸福手術」讓他們得到了「完全的解放」。可是，真一私下因為不能傾吐對幸惠的愛而煩惱；幸惠的歌聲，則讓其他人發現地下室的存在——她真的沒有一點想掙脫禁錮的意思嗎？

實際上，三木的能力缺乏建設性的作用——除非第三章裡提到的那種科幻片處境成真，他或許還能多拯救一條人命。他只是不斷地切割人體，創造出一個又一個奇特的「地下室居民」。

他為什麼這麼做？只是順應本能，或者另有目的？

菜深的想法是，「或許他並不是在殺人。他只是把人分解，只是想要一直凝視所謂的生命究竟是什麼。」菜深被他割傷的瞬間，竟然產生「幸福」感，還覺得有一股強大的生命力貫穿全身；但同時她也覺得自己被褻瀆了內心堅持抗拒著這種「不自然的感受」。

從菜深的抗拒裡可以看出，三木傷人卻不置人死地的能耐，並不是什麼「神的能力」。他所給予這些人的並不是正面的、實在的東西，而是一種只能用否定形表示的狀態：「不」死。他們似乎超脫了死亡，卻也被隔絕於生命之外——只能被禁閉在地下室，維持一種遲滯凝固的狀態，就像三木摘給砂織的花一樣，已經沒有根所以活不了，卻也無法凋零。

這樣看來，三木是可悲的。如果他想探究「生命是什麼」，他的手段卻永遠無法達成這樣的目的；還是只有貨真價實的「死亡」，才能結束一切。菜深以和彌留下的起子殺死了三木，被三木置於「不死」狀態的所有人，才得到了真正的解放——雖然有人死去，有人不知所蹤。

在結尾，一切回歸秩序，生者終於能夠告別逝者。砂織接受弟弟已經去世的事實，她和舅舅相依為命的小小家庭終於有了暖意，連菜深的記憶都回來了，恢復聰明能幹又受歡迎的舊有人格。對於短暫出現又消逝的失憶期人格，菜深做了一番深情告白，立誓永遠不忘記她。在乙一作品裡，原本無處容身的主角，到最後往往會得到再出發的力量，《暗黑》的結局再度印證了這一點。但是，對於這樣的結局，我竟然感到幾分不自在。因為失憶期間的菜深「不再存在」了——我忍不住會覺得，「她」沒有死，卻也不是「還活著的」。

恢復舊有人格的菜深知道，失憶時的自己跟現在的自己截然不同。那麼，她是怎麼樣看待排拒失憶菜深的母親呢？她覺得理所當然嗎？「本來我的個性就擅於與人交談，勇於表達自己的意見，所以突然間變成一個幾乎不開口跟任何人說話的人，真的把媽媽嚇壞了。」這或許是個解釋；但我怎麼樣也忘不掉，在兩三百頁前的失憶菜深被母親排斥時有多難過。「正常」的菜深，真的能記得那個內向、痛苦卻勇敢的菜深嗎？她或許根本無法理解「那個」菜深啊。

因為抱著這種奇怪的疑心，所以連光明結局在我眼裡也顯得黯淡了。這種感想應該不在作者的意料之內吧。可能我的觀點特別怪。還是作者在處理這個題材的時候，真的出現了小小的失衡？

不過，不管「積極活潑的菜深」會不會永遠記得失憶的「她」，我卻知道我會記得她，就好像思念一個已經永遠消逝的真人一樣。

基於這種思念，我猜我很快又會把這本書再翻一遍。

本文作者介紹

喜歡推理小說的人。本來不特別喜歡乙一，但是被他（的作品）惹哭以後就喜歡了，真是個被虐狂啊。

乙一

Otsu
Ichi
作品集

04

暗黑童話

原著書名＝暗黑童話
原出版者＝集英社
作者＝乙一
翻譯＝龔婉如
責任編輯＝張麗嫺
編輯總監＝劉麗真
總經理＝陳逸瑛
榮譽社長＝詹宏志
發行人＝涂玉雲
出版＝獨步文化
城邦文化事業股份有限公司
104台北市中山區民生東路二段141號5樓
電話：(02) 2500-7696　傳真：(02) 2500-1967
發行＝英屬蓋曼群島商家庭傳媒股份有限公司城邦分公司
104 台北市中山區民生東路二段141號2樓
讀者服務專線：(02) 2500-7718；2500-7719
24小時傳真服務：(02) 2500-1900；2500-1991
服務時間：週一至週五上午 09:30-12:00；下午 13:30-17:00
讀者服務信箱E-mail／service@readingclub.com.tw
劃撥帳號＝19863813
戶名＝書蟲股份有限公司
香港發行所＝城邦（香港）出版集團有限公司
香港灣仔駱克道193號東超商業中心1樓
電話：(852) 2508-6231　傳真：(852) 2578-9337
E-mail／hkcite@biznetvigator.com
馬新發行所＝城邦（馬新）出版集團
Cite (M) Sdn Bhd
41, Jalan Radin Anum, Bandar Baru Sri Petaling,
57000 Kuala Lumpur, Malaysia.
Tel: (603) 90578822　Fax:(603) 90576622
email:cite@cite.com.my

封面插畫＝CLEA
封面設計＝蕭旭芳
印刷＝鴻霖印刷傳媒股份有限公司
排版＝陳瑜安

□2007（民96）12月初版
□2020（民109）4月二版
□2024（民113）3月5 日二版五刷

售價／399 元
Printed in Taiwan

國家圖書館出版品預行編目資料

暗黑童話／乙一著；龔婉如譯. -- 二版. -- 台北市：獨步文化, 城邦文化出版：家庭傳媒城邦分公司發行，民 109.04
面；　公分. --（乙一作品集；4）
譯自：暗黑童話
ISBN 978-957-9447-67-6（平裝）

861.57　　109002795

　ISBN 978-957-9447-67-6